Opal
オパール文庫

海に沈む深愛
記憶喪失のCEOは
身代わり妻を今夜も離さない

石田 累

JN149083

プランタン出版

プロローグ　雨に沈んだ夢　5
第一章　記憶喪失のCEO　11
第二章　宝物のように愛されて　81
第三章　週末だけの疑似家族　130
第四章　ミッシングリンク　194
第五章　暗い海に向かって　237
エピローグ　美しい雨　283
あとがき　316

※本作品の内容はすべてフィクションです。

プロローグ　雨に沈んだ夢

窓を叩く柔らかな雨の音。
流れていく雨の水色が、白いシーツに煌めくような淡い陰影を落としている。
その輪郭はやがておぼろになり、全てがゆらゆらとした水の底に沈んでいく。
ここは夢の中。雨に閉じ込められた夢の世界。

——香子《きょうこ》……。
そう囁いた誰かの手が、素肌を優しく辿っている。
大きくて、少しごつごつして、それでいてとても優しく肌をまさぐる。
全身が官能的な匂いに包まれている。
密着した誰かの肌はすべすべとして温かく、ほのかに日なたの香りがする。

喉元を甘く辿る、温かく濡れた唇。

それは顎に口づけ、耳を食み、そっと唇に被さってくる。

弾力を帯びた熱い舌で口の中をかき回され、気づけば胸の先端にも同じ感触がまとわりつく。

やがて甘くとろけた身体からショーツがそっと脱がされた。

ひんやりとした空気が内腿に触れ、二本の指が柔肉の割れ目に忍び込む。そして、優しい振動を与えてくる。

「ア……」

足の指にピクッとした力がこもり、腰が浮く。

うるみを帯びた縦溝から甘い蜜がジクジクと滲み出る。

「ぁ……は……」

あえかな声が漏れるのに、瞼が重たくて目を開けることができない。

雨の音、吐息、揺れる髪と睫毛の影。隅々まで愛され、深い悦びに溺れていく身体。

あなた——私の太陽、私の月、世界で一番愛しい人。

その顔を一度でいいから見たいのに、どうしても目を開けられない。

今があまりに幸福で、現実を見るのが怖いから。

この幸福全部が夢で、目を開けた瞬間に消えていくのが分かるから。——

やがて視界一面がオレンジ色に染まっていく。ゆらゆらと滲んで揺れるその明るい色彩が、次第に暗く翳ってくる。

（――香子、……香子、目を覚ませ！）

ごめんなさい、まだ目を開けたくない。

（頼む……目を開けてくれ……）

もう少し、このまま……。


けたたましい振動音で、香子ははっと目を覚ました。

屋根を叩く雨音と、ぼんやりと見える天井の羽目板。出窓のカーテンから薄く差し込む夜明けの青。

そして枕元で振動するスマホ。

「えっ……？」

ようやくそれが電話だと気づいた香子は、寝返りを打って震えるスマホを取り上げた。

『――香子？　俺だ』

夢で聞いた声と同じ響きに、束の間、これが現実か夢か分からなくなる。

「……、お兄ちゃん……？」

『ごめん、日本はまだ早朝だったな。もしかして寝てたのか?』

息を吐いて半身を起こした香子は、数秒呆然とした後、自分の頬をパチンと叩いた。

ぼんやりしていた頭が、ようやくこれでしゃきっとする。

──うん、大丈夫、現実だ。

「ううん、ちょうど今起きたとこ。どうしたの、こんな時間に」

画面の端に表示された時刻は午前六時二十九分。兄が突拍子もない時間に電話してくるのはいつものことだが、さすがに朝は勘弁して欲しい。

『いや、ちょっとどうしてるかと思ってな』

「今、どこ?」

『言えないが日本じゃない。身体の方は大丈夫か?』

「全然元気、お兄ちゃんこそ無茶してるんじゃないの?」

その時、耳に当てたスマホが、今度は六時半にセットしたアラームを鳴らした。

「ごめん、ちょっと待って」

急いでアラームを切って再び耳に当て直すと、

『──悪かった、ちょっと声が聞きたかっただけなんだ』

「何かあったの? まさかこれ、死亡フラグじゃないよね」

『なわけないだろ。──切るよ、元気そうで安心した』

雑音混じりの通話が切れると、室内が再び雨音に満たされる。

兄の声を聞いたのは半年ぶりだ。

今みたいに、なんの前触れもなく生存確認の電話をしてくる兄だが、掘り下げて聞いてみれば、大体何らかの理由がある。

ただそれらは全て、警察官の兄にしか理解できない第六感のようなものなのだが。

スマホを置いてベッドから出ようとした香子は、内腿に温い感触を覚えて頰を染めた。

随分久しぶりにあの夢を見た。半年ぶり？　いや、最後に見たのはもっと前だ。

その時も、自慰さえ経験したことのない場所が濡れていて、すごく恥ずかしい気持ちになったのを覚えている。

（それ、間違いなく欲求不満よ。もったいぶってないでさっさと経験しちゃいなさい）

友人にはそう忠告されたが、あの夢は、そんな単純な感情には落とし込めない。

雨に覆われた不思議な世界で、顔の見えない誰かに愛されている夢。

それはいつも、オレンジの色彩が視界いっぱいに広がって終わる。

目が覚めた後、身体には優しい疼きが残っているが、胸は締めつけられるように切なく、かきむしりたいほどに苦しい。

まるで、愛する人を永遠に失った時のように。

「…………」

立ち上がって窓のカーテンを開けると、小降りになった雨が、眼下に広がる庭の植物を優しく濡らしていた。

半分花の散ったレンゲツツジとオオムラサキ、開花を間近に控えたムクゲ。ろくに手入れをしていないせいか、すっかり秩序をなくした庭の真ん中では、何年も前から花をつけなくなった紫陽花《あじさい》の葉がしおれている。

香子はそっと空を見上げた。

今日は午後から、ここ数日来ずっと準備してきた大切な仕事がある。

就寝前に確認した午後の降水確率は〇《ゼロ》パーセント。この降り方だと、多分午後には晴れるだろう。

ふと夢で味わった感情が蘇り、胸を切なく締めつけた。

あの夢に帰りたい――どうしていつも、そんな風に思ってしまうんだろう。

しっかりしなくちゃ、今が私の現実なんだから。

第一章　記憶喪失のＣＥＯ

東京《とうきょう》都渋谷《しぶや》区神宮前《じんぐうまえ》。

明け方に降っていた雨も上がり、抜けるほど晴れた青空の下、高層ビルが立ち並ぶ目抜通りの一角に不思議な光景が広がっていた。

濃紺の制服に身を包んだ人間の隊列である。

紺のジャンパーに同色のズボン。白のヘルメットを被り、腰には警棒を装着している。

人数にして百人余り。それがビルの敷地内に整然と列び、威嚇するような眼差しを道路側に向けているのだ。

一見、警察官の演習風景のようだが、傍らにそびえる二十五階建ての高層ビルを見れば、彼らが何者かは察しがついた。

全面ガラス張りのビルの天辺には、〈ＰＴＳ〉のロゴが燦然と輝いている。

綜合警備保障会社プ《P》ロテクトセ《T》キュリテ《S》ィ。制服の隊列は警察官ではなく、同社が抱える警備員なのである。

「敬礼！」

号砲のような声が響き、百余名の警備員が一斉に右手をこめかみに当てた。

閑静なオフィス街に広がる異様な光景に、足を止める通行人は増えるばかりだ。そこに、腕章を着けた一人の女性が走り出てきた。

「申し訳ありません。今から車両が到着しますので、もう少し下がっていただけますか」

黒のパンツスーツにパンプス、長い髪を一つに束ね、頭の上でまとめている。

雰囲気は硬いが口調は柔らかく、澄んだ鈴の音のように清らかな声だ。

小さな瓜実顔は若々しい桜色。黒目がちの瞳は少年のように凛々しいが、細い鼻筋と優しげな唇に大人の気品が漂っている。

彼女の首には名札がかけられ、〈PTS総務部庶務課　秋月《あきづき》香子〉と印字されていた。

「おい、秋月！」

その秋月香子に、背後から歩み寄ってきた大柄な男が声をかけた。

日差しにテラテラと映える高級スーツ、短く刈った髪に精悍な顔、歳は三十代半ばといったところだ。名札には〈PTS専務取締役　宮迫隆之《みやさこたかゆき》〉と書かれている。

「俺があれだけ言ったのに、花束贈呈を男にさせるってのはどういうことだ。ウィリアム・リー・バトラーがゲイならともかく、野郎に花を渡されて嬉しい男がどこにいる」

またその話か——とうんざりしながら、香子はかつて上司だった男を振り仰いだ。

「バトラー氏の性的嗜好は知りません。ただ、海外の要人を歓待するに当たって、ジェンダーを意識するのは当然の配慮だと思ったまでです」

「それでもうちの会社じゃな、花束を渡すのは女の仕事なんだよ」

宮迫は濃い眉を不快そうに歪めると、ますます威圧するような目つきになった。

「いいからとっととプレゼンターを交代させろ！　あっちに秘書課のきれいどころを呼んでるから、そういうのは全部秘書課に任せとけ」

「——お言葉ですが、今から行うのは接待ではなく、バトラー氏を歓迎するためのセレモニーです。担当は庶務課で、私がその責任者」

「おい、誰のおかげで、お前みたいなポンコツが今でも会社に残れてると思ってんだ」

目に冷淡な怒りを宿した宮迫が、香子をジロリと睨みつけた。

「当時上司だった俺が、お前を庇って謝罪してやったおかげだろうが、ああ?」

一瞬怒りで胸が詰まった香子は、その感情をのみ込んで息を吸う。

「……そうですね、申し訳ありません」

「しっかし、お前をこのセレモニーの責任者に選ぶとは、上司もよっぽどの無能だな。失敗したらお前共々島流しな。北海道《ほっかいどう》の島にでも飛ばしてやろうか」

香子は黙って、因縁ある元上司のねちっこい嫌味に耐えた。

宮迫は、香子が入社してすぐに配属された警備課の課長だった。前職は自衛官で、課長としては最年少。入社早々社長の娘と結婚したことで出世コースに乗ったらしい。

最初から宮迫の体育会系ノリが苦手だった香子だが、どうしても我慢できなかったのは、若い女子社員へのセクハラ行為だ。それを止めようとして失敗した時から、今のような嫌がらせが続いてる。

それは、香子が仕事上のミスを理由に警備課を追い出され、宮迫が専務取締役に昇格した今になっても変わらない。

「ついでに教えてやるが、男なら誰だって若くて可愛い女がいいに決まってるんだ。日本人であろうと、外国人であろうとな」

まだ嫌味を言い足りないのか、ネチネチと宮迫は続ける。

「バトラーがどれだけ意識高い系か知らないが、一皮剝けばその辺の親父と同じだよ」

「それは……専務個人のお考えですよね」

さすがに黙っていられなくなって、頬をかすかに紅潮させた香子は口を開いた。

「バトラー氏は数年前に奥様を亡くされ、今回はお子さんを同伴されての来日です。そういう考えは、彼に失礼なんじゃないですか」

「はっ？　お前、今、なんつった？」

「――っ、秋月さん、ちょっとちょっと」

そこで、痩身の男が二人の間に割り込んだ。香子の上司、庶務課長の浦島真《うらしままこと》である。

「専務、申し訳ありません。花束の件は私が手配いたしますので、どうかここは」

頭を下げた浦島が、眼鏡越しの目で訴えてきたので、香子も仕方なく頭を下げる。

衆人の前でさすがにバツが悪いと思ったのか、宮迫は香子を睨みながら吐き捨てた。

「秋月、覚えてろよ、俺がいる限り、お前が警備課に戻ることは絶対にないからな！」

――やっちゃった……。

宮迫が去った後、香子はため息をついて頭を上げた。

黙って聞き流せばよかったのに、なんだってあそこで言い返しちゃうかな、私も。

同じようにため息をついた浦島が、呆れを滲ませた目で香子に向き直る。

「あのさ、専務と喧嘩してどうするの。あの人は、いずれうちの社長になる人だよ？」

「すみません、……分かってはいるんですけど」

「連帯責任はマジで勘弁してよ。俺んとこ、去年子供が産まれたばかりなんだから」

どこか飄々としたもの言いの浦島は三十八歳。顔にも髪にも脂気がなく、学者のように理知的な雰囲気を持つ男だ。

しかし、意外にも前職は警視庁の刑事。兄の元同僚である。

三年前、香子がＰＴＳに入社したのは、この浦島の斡旋があったからだ。

入社後も何かと面倒を見てくれたし、警備課を追い出された時は、自分が統括する庶務課で引き取ってくれた。あらゆる意味で、頭の上がらない相手である。

「ま、がんばって。これが上手くいけば、警備課への推薦状が書けるから」

「はい、ありがとうございます」

このセレモニーの進行役に、香子を抜擢したのは浦島である。

香子を警備課に戻すため、上層部に実力をアピールする場を設けてくれたのだ。

警備員百余名を動員したこの大がかりなセレモニーは、実のところたった一人の来賓を出迎えるためのものだった。

ウィリアム・リー・バトラー。

中国系アメリカ人で、PTS社が社運を賭けて提携するアメリカ企業のCEO《最高経営責任者》。

今日、シカゴ発のスカイエアラインで羽田《はねだ》空港に到着する同氏は、そのまま車で移動し、あと数分でPTS本社に到着する予定になっている。

「ねぇねぇ、誰がバトラーさんに花束を渡す？」

と、突然、華やいだ色彩が香子の視界に飛び込んできた。

見れば、秘書課の女性たちが数人、はしゃぎながら社屋前広場に歩み出てくる。

「リカは彼氏持ちで、ミナは医者と合コンでしょ。私にチャンスをちょうだいよ」

その中の一人が香子と目が合い、あからさまに嫌な顔になった。

「秋月さん、今、めっちゃ怖い目でこっちを見てた」

「ほっときなよ。どうせ彼女、私たちのことを馬鹿にしてるんだから」

聞こえよがしの悪口に、香子は少し戸惑って顔を背ける。

馬鹿になんかしていないし、むしろその無邪気さが羨ましいと思って見つめていたのだが、おかしな風に誤解されてしまったようだ。

香子は男性にも恋愛にも興味がない。どんな男性を見ても心が動かないし、どれだけ好感を抱いた相手でも、性的な関心を向けられた途端、気持ちがすっと引いていく。

高校の頃までは、普通にクラスの誰それが好きとか、憧れの先輩がいたりとか、それなりに女の子だった記憶があるのだが、今となっては遠い前世の出来事のようだ。

おかげで色恋沙汰には無縁のまま、今年の終わりには二十六歳になる。当たり前だが男性経験はゼロ。これからも男性と深く関わることはないだろう。

それが自分らしい生き方だと割り切っているつもりでも、本当にこれでいいの？　と、時々自問してしまうことがある。

今朝みたいな夢を見た日は特にそうだ。この会社にいることも含め、まるで他人の人生を生きているような虚しさがまとわりついて離れない。

この厭世観にもし原因があるとしたら、思い当たることはひとつしかない。それは――。

その時、香子の耳につけたイヤホンが入電を告げた。

『こちら空港班、バトラー氏を乗せた車が護国寺《ごこくじ》駅を通過、まもなく本社に到着します』

我に返った香子は、たちまち気持ちを仕事モードに切り替えた。

「了解。——浦島課長、私達も配置につきましょう」


株式会社ＰＴＳは、八十年代に設立された警備保障会社である。

主な業務は、施設警備、交通誘導、貴重品運搬、身辺警備の四つで、東京本社の他、五百箇所以上の支店や警備拠点を持っている。同業種では国内三位の大手企業だ。

ただ、今から二年前、社運を賭けて開発した警備システムに致命的な不具合が発覚したのを契機に赤字転落、深刻な経営難に陥ってしまった。

そこで経営陣が打ち出したのが、同業大手との資本提携である。

今年の四月、その相手先として名乗り出たのが、米国企業〈セキュリティドッグ・インコーポレイティッド〉。通称〈ＳＤ・Ｉｎｃ.〉、多岐にわたるセキュリティサービスを世界中に提供している、時価総額六千億円の巨大企業だ。

ウィリアム・リー・バトラーは、前年十二月に同社ＣＥＯに就任した人物である。

その彼が、突如お忍びで来日するとの連絡があったのが、先月の終わりのことだった。

長期休暇を日本で過ごすついでに、ＰＴＳの業務を非公式に視察したいという。その申し出は、殆ど恐慌を持って幹部社員に受け止められた。

なにしろ会社の存亡は、バトラー氏にかかっていると言っても過言ではないのだ。機嫌を損ねたら最後、最悪資本提携が白紙になることだって起こりかねない。

ＰＴＳでは、直ちに応対に向けた特別チームが編成された。

空港への出迎え、到着時の歓迎セレモニー、歓迎パーティ、社内視察等々、様々な計画が立てられる中、歓迎セレモニーを任されたのが香子の所属する庶務課だった。

庶務課は、主に備品購入や経理を担当する部署だが、入社式や創業祭などの式典運営も担当している。それで白羽の矢が立った形だ。

「それにしてもバトラーさんって、一体どんな方なのかしらね」

誘導に立つ香子の背後では、秘書課の女性たちがヒソヒソ声で会話している。

「ＳＤ社からは未だ正式なステートメントがないし、問い合わせても回答がないし」

「さっき空港班から入った連絡を聞いたけど、空港でも本人と対面できなかったそうよ」

「ボディガードに囲まれて、あっという間に車に乗っちゃったんだって。ネットで検索しても、元投資家ってこと以外なんの情報もないし……実はすっごい醜男だったりして」

香子は眉をひそめたが、バトラーの外見については何一つ情報がないので、彼女たちが想像を膨らませるのも無理はなかった。

実のところ、バトラーの秘書を通じて非公式に送られてきた彼の情報は、驚くほど少なかったのである。なのにその少ない中に、女心を鷲掴みにするトピックが含まれていた。

二十九歳、男性、中国系アメリカ人、シカゴ在住。

同行者は五歳の息子、セオドア・シー・バトラー他一名。

配偶者は五年前に事故で死亡。――そして、最後にこう付け加えられていた。

なお、バトラー氏においては、事故時の記憶を喪失しているため、配偶者に関する質問は一切しないでいただきたい。

その一文を目にした時、香子は胸を塞がれるような気持ちになった。

きっとなんらかの事故に夫婦で巻き込まれ、妻だけが亡くなったのだろう。そして生き残ったバトラーは、記憶障害を負ったのだ。

が、そんな悲劇的な過去を持つ彼は時価総額六千億円の会社のＣＥＯ。しかも二十九歳という若さだ。女子社員が、韓流ドラマみたいな恋物語を夢見てしまうのも無理はない。

その時、クラクションの音がして、前方の車道に三台の車両が列をなして現れた。

先頭と最後尾がＰＴＳの社用車だ。真ん中にはスモークガラスに覆われた黒のリムジン。バトラー父子を乗せた車である。

三台の車が敷地内に滑り込むと、控えていた警備員が可動式のガードフェンスを閉め、人垣で外部を遮断した。撮影禁止、マスコミに一切情報を漏らさないことは、バトラー氏の出した絶対条件である。

香子は車両停止ラインに走り出て、停止の手信号を送った。

「オーライ！」

車が停まり、隊列を作っていた警備員が一斉に敬礼する。火薬を用いた号砲がドンッドンッと大気を揺らし、社屋の外壁に〈ウェルカム〉の垂れ幕が下がり落ちた。

よしっと、香子は内心拳を握り締める。成功――タイミングは全て完璧だ。

が、十秒経っても、二十秒経っても、誰も車から降りてこない。

花束贈呈役の女性が首を傾げ、最前列に陣取る役員らが眉を寄せた――その時だった。

「マーマ！」

明らかにこの場には不似合いな、可愛らしい子供の声がした。

まるで羽があるかのような軽やかさで、ぴょこんっと車から飛び降りたのは、幼稚園児くらいの男の子だった。

くりっとしたつぶらな瞳にマッシュルームみたいな茶褐色の髪。真っ白なほっぺはぽっちゃりして、見た瞬間、十人が十人頰を緩めてしまうくらい愛らしい。

幼児らしからぬ高級なスーツジャケットとパンツをまとった少年は、この状況から察すればバトラーの息子だと考えるのが普通である。

「マーマ」

やけに言葉遣いがたどたどしいのは、子供だからなのか、日本語が分からないのか。いや、そもそも何故「ママ」なのか。――と、皆が思った時だった。

呆然と立つ香子の腰に、その子が飼い主を見つけた子犬みたいに飛びついた。

「マーマ、僕、マーマに会いたかったです！」

――はい……？

驚きのあまり、香子は石みたいに固まった。

子供が、自分に向かって走ってくるのを訝しく思っていたが、飛びつかれるとは夢にも思っていなかった。しかも、今なんて言った？

「え、えと、……え？　セオドア……君かな？」

「はいっ、僕、セオです、お母様」

固まったまま、香子は視線だけを子供の小さなつむじに向けた。

もちろん名前が一致しているのだから、この子がＣＥＯの息子なのは間違いない。

ということは、まさか私を亡くなった母親と勘違いしてる？

いや、でも五歳っていったら、さすがに母親の死くらい理解してない？

混乱する香子を、潤んだ可愛らしい瞳がすがるように見上げた。

「お母様、もしかしてセオのことを忘れてしまったのですか？」

「ぇ……え？」

セオの顔がみるみる歪んだ。あっという間に涙が瞳を包み、ポロポロと溢れ出す。

「っ、ちょっ、ちょっと待って、お願いだから泣かないで」

わぁわぁ泣き始めた子供の背中を、香子はびっくり仰天しながら撫でさする。その時、

「おい、秋月！　お前、ＣＥＯのご子息に何をやったんだ」

宮迫の大声がきっかけで、それまで固まっていた場が一気に騒然となった。

「何をやっとる、早くお坊ちゃんをお助けしないか！」

役員も声を荒らげ、還暦を過ぎた社長まで口角泡を飛ばしてわめいている。

が、烈火のごとく慟哭する子供に誰一人として手が出せず、遠巻きに見守るばかりだ。

無理に子供を引き離すわけにもいかず、さすがの香子も途方に暮れた——その時だった。

「借過一下《ジエグウオイーシア》」

人垣の向こうから、低い、けれど深みのある男の声がした。

中国語だと、今、目を覚ました人のように香子は気がついた。学生の頃に習っていたから、日常会話程度なら分かる。

あの謎の言葉——マーマは媽媽でお母さん。借過一下は、ちょっとどいてくださいという意味だ。

人混みを押し除けるようにして、目の前に長身の男が現れる。

濃いネイビーのイタリアスーツ。見上げるほど背が高く、艶やかな黒髪が後ろに緩く流されている。

凜々しい眉と澄んだ瞳。それらは全て美しい墨色で、額に一房落ちた髪の下から、切れ

長の双眸が、強い緊張をはらんで香子を見下ろしていた。

恐ろしさで喉が鳴ったのは、この男がウィリアム・リー・バトラーだと分かったからだ。

それを裏付けるように、彼を追いかけてきた黒服の男が、香子の前で仁王立ちになる。

短い角刈りに凶悪な三白眼。軍人か傭兵か——人殺しでもしていそうな形相だ。

「我來處理嗎《ウオライチユリーマー》？」

その人殺しが低く言った。中国語で処理しましょうかという意味だ。

——ち、違うんです。

香子は、ガクガク震えながら、ぎこちなく首を横に振る。

私が泣かせているのでも、無理に引き留めているのでもないんです。この子が勝手にお母さんだと勘違いして——そうだ、中国語、中国語で喋らないと！

「……ド、ドウ、ドウ、對不起《ドウイブーチー》」

馬鹿馬鹿、ここで最上級の謝罪をしてどうするの。これじゃ本当に私が悪者に——

「お父様！」

と、突然、腰にしがみついていた子供が弾むような声を上げた。

香子に密着していた体温が不意になくなる。駆け寄った愛息を抱き止めたＣＥＯが、冷徹な顔をみるみる優しく変化させた。

「セオ、勝手に車を降りたら駄目じゃないか」

あ、日本語——と思った時、男はその笑顔の余韻を残した目をゆっくりと香子に向けた。

「すみません、咄嗟に使い慣れた言葉が出ましたが、私もセオも日本語を喋れます」

色恋に興味のない香子でさえ、思わず見惚れてしまうほど綺麗な顔だった。

男らしい輪郭を持つ顔は珠を彫ったように清爽で、切れ上がったまなじりは極上の絵師が筆で佩いたようだ。透明感のある白い肌は鼻筋までも透き通って見える。

でも、その白さは明らかに西洋人のそれではない。息子と同じ、生粋の東洋人だ。

その父を見上げ、セオがきらきらした目で訴えた。

「ごめんなさい。でも僕、一番にお母様にご挨拶したかったんです」

——はい……？

「この人が、セオのお母様ですよね？」

そこでバトラーと目が合った香子は、顔を蒼白にさせながらかろうじて微笑んだ。

配偶者の質問は絶対NG。このあり得ない勘違いを、バトラーが喜ぶはずがない。

「ぁ……あの、ミスターバトラー、これはですね」

が、彼は特に怒った風もなく、立てた人差し指をそっと唇に当てて香子を見る。そして、

「うん、そうだよ」

冷淡な顔からは想像もつかないくらい甘い声。男らしい大きな手が、子供の頭を愛おしげに撫でた。

「きっと神様が、お父様とセオの願いを叶えてくださったんだ。でもお父様はこれからお仕事だから、ハオランと向こうに行っておいで」

「お母様は？」

「あとでセオのところに来てくれる。まずはお父様に、お母様と話をさせてくれないか」

笑顔で「はいっ」と頷いたセオが、凶悪な三白眼の男に抱き上げられる。紅葉みたいな手を振ってくるセオに、香子も仕方なく――硬い笑顔で、ぎこちなく手を振った。

少し離れた場所では、社長を始めとする幹部社員が、怒りを込めた目でこちらを見ている。浦島が宮迫に頭を下げているのを見た香子は、さすがに悄然とした気持ちになった。

これは――早く事情を説明しないと大変なことになる。

「息子が、大変失礼しました」

「っ、いえ」

突然、ＣＥＯに話しかけられた香子は、我に返って直立不動になった。

一刻も早く浦島に事情を伝えたいが、声をかけられた以上、そんな勝手は許されない。

立ったままの香子の前に、スッと白いハンカチが差し出される。

「よろしければこちらを使ってください。服は、後で私が弁償します」

意味が分からずにハンカチの方に視線を下げると、スーツの腰辺りに鼻水みたいなものがベッタリと付いている。

「セオが付けたものだと思います。思い入れのある服でなければよいのですが」

思い入れは特にないが、上下で七万もする一張羅だ。が、悲鳴は根性でのみ込んだ。

「だ、大丈夫ですのでお気遣いなく、では、私はこれで失礼します！」

チャンスとばかりに深々と頭を下げると、香子は急いで人垣の外に逃れ出た。

何か訳がありそうだけど、後で私が来るなんて残酷な嘘をついて、どうフォローするつもりなのだろう。

もしかして父親だけでなく、息子まで記憶障害？　さすがにそれはないだろうが、本気で私を母親と思ったのなら、なんだか可哀想——

「待ってくれ」

ぐいっと背後から腕を引かれ、香子は驚いて足を止めた。

「メイユィだろう？」

振り返ると、息をのむほど端整な顔が目の前にあった。黒曜石のような漆黒の瞳が、真摯な光を帯びて香子を見下ろしている。

「バ、バトラーさん……？」

「君が死んだなんて信じていなかった。そう、一日だって信じたことはなかった」

墨を溶いたような双眸に薄い水の膜が張り、一筋の涙が頬を伝う。その美しさに思わず息をのんだ時、腰に腕が回され、ほのかな甘い香りに包まれた。

えっと思った時には顔が影に覆われ、唇に柔らかなものが押し当てられている。

優しい温《ぬく》みが離れ、息ができるようになっても、香子にはまだ何が起きたか分からない。

額にポツリと雨が落ちてきた。

天気予報を裏切って降り始めた雨が、彼の濃紺のスーツの肩で弾けている。

大きな胸に閉じ込められた香子の耳に、切なく掠れた声が聞こえた。

「メイユィ、ようやく君を見つけた――」

◇

「あっはは、それで引っぱたいちゃったんだ。会社の命運を握るCEO様の横っ面を」

翌日――表参道《おもてさんどう》の商業ビル。その二十二階にある〈すみれレディースクリニック〉。

午後一時。この病院の院長で十四年来の友人と、香子は二人きりで向き合っていた。

宮沢菫《みやざわすみれ》。友人と言っても香子より十歳上、兄の同級生で、元恋人でもある。

「っ、当たり前ですよ。あんなの、ただの性加害じゃないですか」

「イケメンでなかったら、即逮捕ね」

「何を昭和みたいなこと言ってるんですか、顔関係なく逮捕ですよ」

くすくす笑う菫は、いつ会っても三十五歳とは思えないほど若々しい。みずみずしい肌

と肉感的な唇。それでいて年相応の知性と貫禄を白のドクターコートから漂わせている。

「で、初めてのキスはなんだったの？　プレッシャーキス？　バードキス？　それとも」

「っ、ちょ、そんなの覚えてないですよ。一瞬です、一瞬！」

「へぇー、初めてのところは否定しないんだ」

　菫はおかしそうに笑いながら、対面のソファで綺麗な脚を組み直した。

「で、キスはまぁいいとして、それからミスターバトラーとはどうなったの？」

　この婦人科クリニックは、セレブ御用達の人気医院で、外来には一ヶ月前から予約がいる。にもかかわらず、今朝、突発的に予約の電話を入れた香子を、菫はいつものように昼休憩に招き入れてくれた。

　診察の後、聞かれるがままに昨日の出来事を話してしまったのは、菫にじっと見つめられ、「何かあった？」と聞かれると、隠し事ができない気持ちになってしまうからだ。

　今も、持ち上げたカップに唇をつけてから、香子は続きを話し始めた。

「軽く叩いただけなのに、バトラーさんがよろめいて尻餅をついたんです。で、助け起こそうとしたら、取り押さえられました。……バトラーさんじゃなく、私が」

　その後の騒ぎは、さすがに思い出したくもない。

　あたかも凶悪犯のように羽交い締めにされた香子は、あっという間にバトラーから引き離された。バトラーの姿は、すぐに人の輪に囲まれて見えなくなったが、

（やめろ、私のメイユィをどこに連れていくつもりだ！）

そう叫ぶバトラーが恐ろしく、香子は警備員を急かすようにして社屋に逃げ込んだ。

五歳の子供ならまだしも、大人に本気で誤解されているのはさすがに怖い。

「ＣＥＯに記憶障害があるのは分かってますし、会社の人たちも事情は察してくれたんですけど、……まぁ、手を出しちゃったんで、今日の午後二時まで出勤停止です」

「二時？　えらく半端な処分なのね」

「今日の午前中、バトラーさんが社内視察をする予定だったんです。午後からは社長と取引先企業に行かれるそうなので……、私と顔を合わせないための配慮だと思います」

これ以上菫に話すつもりはないが、香子の処分は、むろん半日の出勤停止ではない。

なにしろ会社の命運を握る人物を平手打ちし、転倒させたのだ。事情を説明した後でも社長の怒りは収まらず、今日の三時から懲罰会議にかけられる予定になっている。減給か異動か——ことによるともっと悪い処分が待っているかもしれない。

「そんなわけで午後まで暇になったので、急きょこちらに来させてもらったんです。ピルも鉄剤もとっくの昔に切れちゃってたので」

「どっちも多めに出してあげるわよ。普段から貧血気味なんだから気をつけて」

礼を言った香子は、残りのコーヒーを飲み干して、傍のショルダーバッグを持ち上げた。

「付き合っちゃえばいいのに」

「……はい？」

「初対面の男にいきなり唇を奪われたらね」

董は人差し指を立て、それを自分の唇に押し当てた。

「それがどんなイケメンでも、吐き気がして、何度うがい薬で口をゆすいでも屈辱と気持ち悪さは忘れられないものよ。私なんて自分の唾も飲み込めなくなったくらい」

あ、そんなことがあったんだ——と思いながら、香子は慌てて両手を振った。

「まさに、そんな感じでしたよ？」

「そう？　恥ずかしがってたけど、嫌がってる風には見えなかった。きっとバトラーさんのプロフィールとお子さんへの態度を見て、香子ちゃん、彼に惹かれちゃったのよ。キスされた時には、もう彼のことを受け入れちゃってたの」

——はい……？

「付き合うのが無理なら、セックスだけでもしてみたら？　バカンスが終わればアメリカに帰っちゃうから後腐れないし、バトラーさんだって喜んでくれるわよ」

尊敬する董の宮迫みたいな発言に、香子はもう言葉もなかった。

「キスの壁を越えられたら、間違いなくセックスもいけるはず。そんな相手に巡り会うなんて、男嫌いの香子ちゃんには奇跡みたいなものじゃない」

これが董以外の誰かだったら軽蔑して終わりだが、董は常々、香子に男性経験がないことを気にかけてくれている。今も厚意から言ってくれているのは間違いない。

様々な感情をのみ込むと、香子は無理に微笑してバッグを手に立ち上がった。

「……すみません。ええと、今のは聞かなかったことにさせてください」

「待ちなさいって、今、処方箋を出してあげるから」

遮るようにくすくす笑った菫は、傍らのデスクでパソコンを起動させた。

「龍平《りゅうへい》から、たまには連絡があるの？」

昨日の朝、半年ぶりに兄から電話があった時も驚いたが、このタイミングで、菫の口から兄の名前が出たことにはなお驚いた。香子はうろたえて口ごもりながら、

「き、昨日の朝、突然かかってきました。いつもと同じで、ただの生存確認ですけど」

「――そ、龍平のセンサーは、香子ちゃんに関してだけは正確だから気をつけて」

プリンターから出力された処方箋を、菫は香子に差し出した。

「お大事に」

待合室の自動精算機で会計を済ませながら、なんで二人は結婚しなかったんだろう――と、考えても仕方ない未練に、香子は再び囚われていた。

十歳年上の兄、龍平は、香子にはただ一人の肉親である。

兄妹は元々北九州《きたきゅうしゅう》で暮らしていたが、母親は香子を出産した翌年に事故で死亡、その四年後には父親も病死したため、当時十五歳だった兄一人が、東京で暮らす父方の伯母に引

き取られることになった。

北九州の施設に預けられていた香子が、兄の元で暮らすようになったのは十一歳の時だ。兄が就職して生計を立てられるようになったのと、香子の引き取りを拒否していた伯母が亡くなったためである。

二人は兄が伯母から相続した家で暮らすことになった。その家に菫は再々遊びに来て、まだ小学生だった香子に勉強を教えてくれたり、食事を作ってくれたりした。

当時の兄は、新人警察官として多忙ではあったが、少なくとも夜勤がない日は必ず家に帰ってきていた。三人で囲む食卓は幸せで、香子はいつか三人が本当の家族になるものだと信じて疑わなかった。

何もかも変わってしまったのは、香子が成人式を迎えた一月の夜のことだ。

(――香子、四月からこの家はお前一人のものになる。名義も変えるし、俺は二度とこの家に帰らない。秋月龍平という存在自体、この世からいなくなると思ってくれ)

警察の仕事は、今も香子にはよく分からない。

その前月、兄は警視庁公安部外事課に異動になっていた。そこで、おそらく秘匿性の高い特殊任務に就くことになったのだろう。

菫は、その二年後にアメリカ人の外科医と結婚し、米国と日本を行き来する生活を送っている。だったらお兄ちゃんとでもよかったんじゃない？　――と思わず口走った香子に、菫は笑ってこう言ったのだった。

（——間違えないで、香子ちゃん。別れを決めたのは龍平であって私じゃないのよ）

その時、何故か二度とこの話題に触れてはならないような気がして、以来香子は、菫の前で兄のことを口にしていない。

◇

「見た見た？　例のＣＥＯ、今朝うちの職場に来たけどめちゃくちゃかっこよかった」

午後二時に香子が会社に着くと、女子社員の話題はバトラーのことで持ちきりだった。

午前中、主要な課を全て視察したはずだから、女子社員の興奮も無理はない。あれだけ美しい男が——しかも六千億企業のＣＥＯが、社内を悠然と闊歩したのだ。

撮影禁止、ＳＮＳへの投稿禁止という、アイドル事務所みたいな社内通達が出ていたが、おそらく隠し撮りした人は大勢いただろう。

ロビーでもエレベーターでも、女が二人も集まればバトラーの話題に花が咲く——といった風だったが、何故か十五階にある総務部のオフィスに香子が入ると、女性たちのおしゃべりがピタリと止んだ。

それどころか、どことなく冷ややかな——侮蔑を含んだ目がチラッチラッと向けられる。

――……ん？

もしかして、昨日のセレモニーで起きたことがもう噂になっているのだろうか。

ＣＥＯに記憶障害があることも、香子が人違いでキスされたことも、ごく一部の社員しか知らないし、見ていない。当然、目撃者全員に箝口令が敷かれたが、何らかのトラブルが起きたことは、現場にいた者なら誰でも察しているだろう。

嫌な予感を覚えながら自席についた香子は、それでもすぐに気持ちを切り替え、やりかけの仕事に取りかかった。

ここ数日セレモニーの準備に追われていたが、庶務課での本来業務は経理である。

「おはよ。なんだか大変なことになってるけど、大丈夫？」

そこに、隣席の同僚が椅子を転がして近づいてきた。二歳年上の大貫歩美《おおぬきあゆみ》。おしゃべりで詮索好きなところが苦手だが、席が隣同士なので表向きは上手くつき合っている。

「大変なことって？」

「聞いてない？　変な噂が秘書課を中心に出回ってるんだけど」

変な噂――？　と、香子は書類をめくる手を止めた。

「昨日のセレモニーで、秋月さんがＣＥＯの息子を叱って泣かせたとか、それを止めようとしたＣＥＯを突き飛ばして怪我をさせたとか。――それ、本当の話なの？」

「――はっ？」

さすがに立ち上がりそうになった。一部は本当だが、大部分はとんでもない大嘘だ。

周囲を見回すと、香子と目が合った途端に顔を背ける社員もいる。どういうこと——？

と思った時、

「しかも、この件で浦島課長が処分されるって話も聞いたんだけど……」

「えっ、なんで課長が？」

「分かんない。課長、午前中は気もそぞろみたいで、さっきからずっと席空けよ」

急いで見ると、確かに課長席は空席になっている。不意に宮迫の言葉が頭をよぎった。

（失敗したらお前共々島流しな。北海道の島にでも飛ばしてやろうか）

まさかね——まさかこんなことで、課長が処分されるなんてあるわけがない。——


「——待ってください、どうして浦島課長まで転勤なんですか！」

悪い予感は見事に的中した。

二十階の第一会議室。円卓には、幹部社員で構成された懲罰委員会のメンバーがずらりと顔を揃えている。

各部の部長と人事課長、最悪なことに、委員長は専務取締役の宮迫だ。

香子の隣では、浦島が席についたまま、どこか悄然と前を見つめている。

「どうしてって、そんなの当たり前だろうが」

椅子にふんぞり返って腕を組む宮迫が、残忍そうな目で笑った。

「お前みたいなポンコツを担当にした挙げ句、大失敗をやらかしたんだ。ちょうど鹿児島《かごしま》の支所に空きがあるから、二人揃って来週からそこに行ってもらうわ」

「納得できません。はっきり言いますけど、あの時私がされたのは性加害行為ですよ？」

どんな罰も受け入れようと決めていた香子だが、さすがに我慢がならなかった。

浦島は昨年、結婚四年目にして第一子が生まれたばかりだ。それで転勤は気の毒すぎる。

「私の処分なら甘んじて受けますが、課長の転勤は取り消してください。でないと、」

「秋月さん、もういいよ」

その時、諦めを滲ませた声がした。浦島は不思議に落ち着いた目で香子を見ると、ゆっくりと首を横に振る。

「争ったって仕方ない。資本提携先のＣＥＯを怒らせちゃったんだ。僕らの異動でＣＥＯが納得すると言うならのむしかないだろ？」

――え……？

困惑する香子の前に人事課長がやってきて、Ａ４サイズの書類を乱暴に置いた。

「これは、昨日の出来事をまとめた顛末書だ。午前中に翻訳したものをＣＥＯに見ていただき、内容に誤りがないことを確認している」

宮迫の腰巾着と名高い人事課長は、ひどく高圧的な口調で続ける。

「一読してサインするように。ちなみに三枚目がCEOへの謝罪文になっている」

急いでページをめくると、そこには、さっき耳にした噂がそのまま記されていた。

要約すれば、香子がセオを叱りつけて泣かし、セオを助けようとしたバトラーの態度を自分への攻撃と誤解して殴打――という内容だ。

つまり十五階で広がっていた噂の出所は、この顚末書だったのだ。

「言っておくが、CEOは相当にお怒りだぞ」

半笑いでそう言ったのは宮迫だった。

「場合によっては訴訟も辞さないそうだ。全くとんでもないことをやってくれたな」

香子は黙って眉根に力を込めた。本当だろうか？　昨日、あんな目で私を見て泣いた人が本当に？　――いや、もう変な期待を抱くのはやめよう。

しょせん相手は、金の力でなんでもできる金持ちだ。自分の立場が不利になると分かれば、どんな手を使ってでも隠蔽しようとする。

「これに懲りたら、その虚言癖を早く直すことだな」

意味が分からない香子が顔を上げると、宮迫は肩をすくめて楽しそうに続けた。

「二年前も、俺がセクハラしているだのなんだの、根拠のない嘘を言いふらしただろうが。マジでその性格、人としてやばいからな、お前」

そこで、浦島以外の全員が苦笑したので、香子は頬を染め、怒りで唇を震わせた。

あれは虚言でもなんでもない。あの時は本当に、後輩の一人が宮迫の執拗なボディタッチと食事の誘いに悩んでいたのだ。

それで香子が部長に相談したのだが、事実はあっという間に揉み消されて後輩は異動。課内で孤立した香子は、仕事面でも様々な妨害を受け、大きなクライアントを怒らせたことで警備課にいられなくなってしまった。

「ま、その顚末書に、とっととサインするんだな」

宮迫は肘をつき、にやにや笑いながら机を指で叩いた。

「お前が罪を認めて真摯に謝罪すれば、CEOも今回のことは水に流すと仰っておられたよ。よかったなぁ、CEOが心の広い人で」

「我是一個心胸狭窄的人《ウオシーイーグエアシンシイオンシアヂャイデイレン》」

全員が息をのむようにして、声の方を振り返った。

声をなくして固まったのは、香子もまた同じだった。

会議室の扉が開いて、背の高い男が室内に入ってくる。それがウィリアム・リー・バトラーだと分かった瞬間、香子を除く全員が、滑稽なほど慌てて立ち上がった。

「なっ、ど、どうしてCEOが、こちらに？」

「おい、ぃ、今ミスターバトラーはなんつった。誰か通訳連れてこいよ」

周囲の動揺をよそに、バトラーは冷ややかな目で円卓に歩み寄り、足を止める。

彼は、彫刻のように整った顔で全員を見回すと、不意にその美貌を崩し、上機嫌な笑顔になった。

「皆さん、遅れて大変すみません！」

日本語だ。だが、もちろん誰もその意味は分からない。

「これで全員ですか？　だったらさっそく始めましょう。話はどこまで進みましたか？」

誰もその問いに答えられない。その時、廊下からバタバタと複数の足音がして、半白髪を総髪にした初老の男が飛び込んできた。

ＰＴＳの社長一之宮《いちのみや》である。創業家出身で今年六十一歳、宮迫の義父に当たる男だ。

短気で怒りっぽい典型的なワンマン社長だが、人情家の側面があり、その駄目な部分が身内贔屓として現れている。

「ミ、ミ、ミスターバトラー、急にいなくなったので驚きました、どうしてこちらに？」

その一之宮の背後には複数の社員の姿もあった。大慌てでここに駆けつけたらしく、全員、呼吸と髪を乱している。

しかし、バトラーはそんな社長を見て、少し不思議そうに瞬きをした。

「ここで、昨日の出来事を話し合うと聞いて」

「は、話し合う？」

「昨夜、私は社長に、秋月さんに謝罪する機会を作ってくださるようお願いしました。その時社長はこう仰られた。その前に、双方の話を丁寧に聞く場を設けなくてはならない。今がその場なのではないですか」

言葉に詰まった社長が、目に焦りを浮かべて背後を振り返る。

「おい、誰が言った。誰がこの会議のことをCEOに漏らしたんだ」

「い、いいえ、誰も言っていないと思いますが」

早口のひそひそ声はさすがに理解できないのか、バトラーは不思議そうに首を傾げる。

彼は、そこで初めて香子に視線を向けた。

「昨日は、本当に申し訳ありませんでした」

未だ座ったままだった香子は、息を止めるようにしてその優しい視線を受け止める。

「あなたが亡くなった妻に見え、大勢の前で失礼な真似をしたことを許してください。私は時々、夢と現実が分からなくなる。妻が亡くなってから、ずっとそうです」

彼の寂しげな表情に、室内がしん……と静まり返る。

「気持ちを整理するのに少し時間を要しました。謝罪が遅れ、大変申し訳ありません」

さすがに胸を打たれたのか、一之宮社長が目をしばたたかせた。さっきまでその事実を隠蔽しようとしていた委員会のメンバーも、言葉もなくうつむいている。

その重たい空気を救うように、バトラーは明るい笑顔を一之宮に向けた。

「いずれにしても、今回のことは私に罪がある。傷つけた秋月さんにはどんなお詫びでもしなければならない。そうですね、社長」

「っ、も、もちろんですとも、ミスターバトラー」

満開の笑顔になった社長が、しかし、少し焦ったような目を香子に向けた。

「あ、秋月君、君からも何か言ったらどうかね。その……あるだろう、色々！」

「いや、実は秋月さんからは、もう謝罪の言葉をいただいておりましてね。暴力を振るったことをぜひCEOに詫びたいと。そうだな、秋月さん」

人事課長が如才なく後に続く。見れば、例の顛末書はいつの間にか回収されている。内容もでたらめだし、むろんバトラーに見せたというのも嘘だったのだろう。

「……はい」

香子は仕方なく頷いた。

「でも、私と浦島課長の処遇については、」

「もちろん二人とも、引き続き今の仕事をやってもらうよ。昨日のセレモニーは本当に素晴らしかった！　なぁ！」

呆れたことに、全員笑顔でパラパラと拍手まで上がる。なんだろう、このあからさまな手のひら返しは。というより、こんな人たちの口約束、絶対に信じられない。

気持ちは浦島も同じなのか、どこか憂鬱そうな目でうつむいている。

香子は立ち上がって、バトラーに向き直った。

彼は首を傾げ、黒い宝石のような美しい目で香子を優しく見つめている。

形の上ではこの人の勘違いに救われた格好だ。どこでこの会議のことを知ったのか、自分も出なければと誤解して駆けつけ、タイミングよく処分を撤回させてくれた。

でも、香子は最初に聞いている。中国語だったから誰も聞き取れなかったのだろうが、彼が入室した時に冷たく吐き捨てた言葉を。

(我是一個心胸狭窄的人)

あれは中国語で、翻訳すると「私は心の狭い人間だ」という意味だ。その直前に宮迫が言っていた「よかったなぁ、CEOが心の広い人で」に対するアンサーだろう。

いかにも勘違いした体で入ってきたが、この人はそもそも室内で何が話し合われていたか知っていたのだ。

――……もしかして、私を最初から助けるつもりで?

おずおずと彼を見つめた香子は、こくりと喉を鳴らして、言った。

「……我想和你談談《ウオシイアンフオニータンタン》」

あなたと話がしたいです。このメンバーなら、多分二人にしか理解できない中国語で。

◇

夕暮れの空に、重たい雨雲が立ち込めている。

路上には、後部座席の扉が開いているリムジン。その前に筋肉の塊みたいな凶相の男が立っていた。昨日ハオランと呼ばれていた男だ。バトラーの私設秘書で名前は趙昊然《チョウハオラン》。

社屋のエントランスを出たばかりの香子は、巨大な車を前に立ちすくんだ。迎えを寄越すと言われた時から悪い予感がしたが、やっぱりこんな大袈裟なことになってしまった。

「どうぞ、秋月様」

昊然は丁寧な口調で言って、香子を後部シートに誘った。そして「離開《リカイ》」と襟元のマイクに向かって言った後、自分も香子の隣に乗り込んだ。

殆ど音も立てず、スモークガラスで外部から遮断された車が走り出す。

生まれて初めて乗った高級車で、香子は鞄を抱き締めるようにして縮こまっていた。

あなたと話がしたいです——。

二人にしか分からない言葉でそう言ったのは、彼に頼みたいことがあったからだ。

彼にもし謝罪の気持ちがあるなら、浦島の処遇について社長に念押ししてもらいたい。

二人の処分はひどく曖昧な形で撤回されたが、バトラーが本国に帰れば蒸し返されるのは目に見えている。自分はともかく浦島の転勤だけは、絶対に止めさせなければ。

香子にすれば、その場に残って話ができればよかったのだが、バトラーは即座に中国語で「分かりました、お仕事が終わった時に迎えを寄越します」と言ってくれた。

周りは中国語が理解できないため、それで和解が成立したと受け止められた——というより、バトラーが意図的にそう思わせるよう振る舞ってくれたのだ。

「これから、ウィル様の宿泊しているホテルにお送りします」

不意に昊然が掠れた声で言った。一瞬誰のことか分からなかったが、すぐにバトラーのファーストネームだと理解した。ウィルはウィリアムの略称だ。

「……ホテル、ですか？」

「セオ様も同席されますのでご心配なく。それにウィル様はとても高潔な方ですから」

初対面でいきなりキスして高潔——？　と思ったが、そこはもう考えないことにした。

少なくとも、五年も前に死別した妻を忘れられない程度には純情な人なのだ。

——不思議だな……。

今からバトラーに会うことが、思ったほど嫌でもないし怖くもない。むしろ焔に飛び込む虫みたいに、抗えない何かに吸い寄せられていくような感覚がする。

（そんな相手に巡り会うなんて、男嫌いの香子ちゃんには奇跡みたいなものじゃない）

菫の言葉は、実のところ香子の中で呪いのように息づいていた。

彼女の前では強がったことを言ったが、バトラーに対する自分の反応については、香子自身が一番不思議に思っている。

抱き締められても、キスされても、驚きはしたが嫌ではなかった。許せなかったのは、あれが人前で、しかも大切な仕事中だったということだけだ。

私は彼に惹かれている？　――それとも、ただその境遇に同情しているだけ？

多分、どこかでこのもやもやした感情の正体を確かめたいと思っている。でなければ、言われるがままにホテルに赴く自分の危機意識のなさが説明できない。

その時、前を見たままの昊然が、再び「秋月様」と口を開いた。

「ひとつ承知いただきたいことがございます。ウィル様は、秋月様がお母上でないことを、まだセオ様にお話ししていません」

しばらくしてその意味を理解した香子は、びっくりして昊然を見上げた。

「……え？　ちょっと待ってください、だったら私はどうしたらいいんですか」

「特に何も。ただウィル様と話を合わせていただければよろしいかと存じます」

いや、話を合わせるって、いくらなんでも無理すぎない？

そもそも私、あの二人のことも奥様のことも、何も知らないんですけど。――


「お母様！」

怖々と高速エレベーターを降りると、すぐに愛らしい声が香子を出迎えてくれた。

西麻布《にしあざぶ》にある高級ホテル〈マリオ・コンチネンタル〉の二十七階。

地下駐車場から専用エレベーターで直行したのは、高級フレンチレストラン〈ラ・ムー〉だ。有名店で、昨年来日した米国大統領が利用したことでも知られている。

たたたっと駆け寄ってきたセオが、香子の腰に両腕を回してしがみつく。昨日と同じパターンにどうしていいか分からずに固まっていると、

「こら、セオ、お行儀が悪いぞ」

バトラーの優しい声がして、彼が微笑みながら歩み寄ってきた。

昼間とはデザインの違うアイビーグレーのスーツ、息子を見下ろす表情は子煩悩な父親そのものだ。彼はしゃがみ込み、香子の腰に抱きついたセオをそっと抱き上げた。

「驚かせてすみません。今夜はお越しいただきありがとうございました」

そして、少し乱れたセオの髪を優しく指で直しながら、

「ここはレストラン内の個室で、僕らは普段と同じスタイルで食事を楽しんでいます。少し戸惑わせてしまうかもしれませんが、どうぞ」

自分の簡易な服装を詫びようと思っていた香子だが、バトラーはまるで気にならないように、セオを片腕で抱いて歩き出した。そこにすっと女性スタッフが寄ってくる。

「奥様、お荷物と上着をお預かりしましょうか」

「えっ、あ……じゃあ、上着を」

スタッフの前で上着を脱ぎながら、心臓がドキドキと高鳴った。奥様なんて人生で初めて呼ばれた。そうか、ここでの私はそういうことになっているのか。

黒服のスタッフがずらりと並ぶ室内は、世の中に格差があるということを存分に思い知らされるほど広々として豪奢だった。

部屋の色調は、海の底を思わせるようなほの暗いブルー。全面ガラス張りの窓からは、藍色に沈んでいく東京の夜景が一望できる。ワイングラスやナプキンが並ぶテーブルの他に、ミニバーや大画面のシアターなども設けられている。

個室ってまさかこの全部がそうなの？　と思った時、視界に白い花が飛び込んできた。

テーブルに飾られた純白の花弁は、今摘んできたかのようにみずみずしく、その中央に金褐色の可憐な冠を抱いている。甘くて優しい香りに、ふと記憶のどこかが喚起された。

この花――なんだっけ、どこかで見たような気がするけど……。

「ナルシスです。スイスに咲く花で、妻がとても好きだったんですよ」

バトラーの声で、花に見入っていた香子はドキッとして顔を上げた。

「食事の席には不向きだったかな。匂いが気になるなら下げさせましょうか」

彼に見つめられ、みるみる耳が熱くなる。香子は花に目をやるふりでうつむいた。

「……い、いえ、大丈夫です。素敵な香りですね」

そこでスタッフが椅子を引いてくれたので、救われた気持ちで席に着く。

なんだろう。そんなに熱っぽく見つめられると、嫌でも昨日キスしたことを思い出してしまう。あれは彼の勘違い――というか記憶障害による錯乱で、今は、きちんと現実を理解しているはずなのに。

バトラーが席に着くと、すぐに食前酒とジュース、それから食事の皿が運ばれてきた。アパタイザーは無花果《いちじく》を載せたブルーチーズと野菜のゼリー寄せ。そして合鴨のパストラミサラダ。驚いたことに、大皿を三人で取り分ける形式だ。

「すみません、また驚かせてしまいましたね」

セオの皿にサラダを取り分けながら、バトラーは親しみ易い笑顔になった。

「僕は形式ばらない方が美味しく食べられる。あなたがご不快でなければいいのですが」

「いいえ、私もこっちの方が好きです」

それまで何も食べられる気がしなかったのに、気が抜けた途端にくうっとお腹が鳴った。アペタイザーをフォークに乗せて口に運ぶと、チーズの芳醇な苦みと無花果の甘みが舌の上で優しくほどける。初めて食べる料理なのに、なんだかすごく懐かしい味だ。

「……美味しい」

「よかった」

初めて互いの目を見て笑い合い、それがきっかけで少しずつ場の空気が和らいでいった。

「僕は何度かプライベートで来ていますが、セオは日本が初めてです。今回はバケーションがメインなので、視察が終わったら色々なところを回る予定なんですよ」

彼の日本語は、多少アクセントと文法に難があるが、それ以外はほぼ完璧といってよかった。公の場では私で、今は僕。その使い分けも可愛くて親しみがもてる。

「どちらに行かれる予定なんですか？」

「浅草《あさくさ》、両国《りょうごく》、歌舞伎……、それから京都《きょうと》にも行きたいと思っています」

「楽しそうですね。――ねぇ、セオ君、お相撲さんって見たことある？」

思いがけず会話は弾んだ。ひとつの話題が途切れても、バトラーは次から次へと会話の糸口を提供してくれる。しかも決して香子とセオを置いてけぼりにしない話題ばかりだ。

好きな日本食や観光地、子供の頃によく読んだ本、最近観た映画等々。

バトラーの声は穏やかで温かく、まるで音楽のように心に優しく響いてくる。

三十分も経たない内に、香子はすっかりリラックスして、三人でする会話と食事を楽しむようになっていた。

不安の種だったセオは、香子のプライベートについて質問してくることは一切なかった。おそらく父親に止められているのだろう。まだ年端もいかないのに、その言いつけを健気に守っている姿を見ているといじらしくなる。

「セオ、お母様に自分のことを話してごらん」

やがて皿が片付くと、バトラーはそう言ってセオを優しく促した。ずっと話したくてうずうずしていたのか、目を輝かせたセオは、身を乗り出すようにして話し始めた。

「お母様、僕ね、日本を出たらお父様と一緒にスイスに行くんです！」

相づちを打つように微笑んだ香子は、思わずテーブルに置かれたナルシスを見ていた。

「スイスにはお母様の思い出が沢山あるんです。僕、ずっと行ってみたかったんです」

「……思い出って？」

「僕とお父様とお母様、三人で一緒に暮らした思い出です。その時に撮ったお母様のお写真がいっぱいあって、だから僕、ひと目でお母様が分かったんです」

それにはどう答えていいか分からず、香子は曖昧に苦笑した。

というより、いくら写真と顔が似ているからと言って、初めて会う他人をいきなり母親だと信じ込めるものだろうか？

それ以前に、この子は母親が亡くなったことをまだ知らされていないのだろうか？

「でもお父様は、スイスにいた頃のお写真を見ると、辛くて泣いてしまうんです」

香子は思わずバトラーを見ていた。彼は苦笑し、静かな目でセオを見つめている。

「だから僕、お父様がスイスに行こうと仰った時、本当は少し心配だったんです。だけど、お母様と一緒なら大丈夫ですよね？」

そこで、ようやくバトラーが口を開いた。

「セオ、言っただろう？　お母様は病気で、昔のことを思い出せないんだ」

香子は驚いたが、かろうじてその感情を顔に出さずにのみ込んだ。

「なので、今夜はこのくらいにしておこう。時間はかかるかもしれないが、いつか、必ずセオとお父様のことを思い出してくれるよ」

セオは素直に頷き、潤んだ目で香子を見上げた。

「お母様、ごめんなさい」

さすがにその謝罪は胸に応えた。

けれど今のやりとりで分かった。彼は、そういう形でセオに嘘を信じ込ませているのだ。ということは、母親の死はおろか父親の記憶障害すら、セオは知らされていないのだろう。その善悪に口を挟む筋合いはないが、嘘の片棒を担いでいるという罪悪感は否めない。

やがて眠たくなったのか、セオがうとうとし始めると、どこからともなく現れた昊然がセオを抱き上げて連れ去った。

二人きりになると、バトラーは微笑し、改めてグラスを持ち上げる。

「何を考えているのかは分かります。でも、できれば気にしないでいただけませんか」

「……すみません。ただ、あまり子供相手に嘘をつくのは」

「それは僕とセオの問題で、僕らで解決すべきことです。香子が気に病むことじゃない」

しばらく逡巡していた香子は、確かにそうだと思い直した。

彼の視察日程は明日までで、明後日からは完全プライベート。帰国予定は来週末になっている。この夜が終われば、おそらく二度と会うことはないだろう。

何故か不思議な寂しさを覚えてワインを一口飲んだ香子は、その感情を誤魔化すように、少し明るく口を開いた。

「バトラーさんは、元々中国の方なんですか」

「ウィルと」

彼は暗い空気を払拭するように明るく微笑み、少しいたずらっぽい目になった。

「ただちょっと発音にはコツがあるんです。ウィではなく、ウェに近い感じで」

「ウェ……、ん？　でもスペル的に発音はウィルで合ってると思うんですけど」

「ははっ、じゃあ呼びやすい方で。——僕自身は中国で生活したことはありません。ただ、中国人が多くいる家庭で育ったので、いつの間にか中国語が公用語になったんです」

その言い回しにくすっと笑った香子は、砕けた気持ちで会話を続けた。

「だったら、日本語がこんなにお上手なのはどうしてですか？」

「ファミリーの教育方針です。日本語だけじゃない、僕の家では英語、フランス語、イタリア語、ドイツ語についてネイティブに話せるようになるのが当たり前なんですよ」

とんでもないことをさらりと言って彼は微笑んだ。

「とはいえ、セオはまだ三カ国語しか話せません。——香子はどこで中国語を？」

「学生の時に授業で。なので話せるといっても簡単な日常会話くらいです」

「だったら妻と同じですね。妻も日本の人だったので」

そこで彼は言葉を切り、心ごと覗き込むような目で香子を見つめた。

「……、そ、そうなんですか」

誤魔化すように笑うと、香子は残りのワインを飲み干した。

「じゃあ、メイユィというのは日本名のピンイン読みですか?」

「少し違います。それは、僕らの間だけの呼び方です」

「……というと?」

「二人で決めたあだ名のようなものですよ」

そう答える彼は、一度も香子から視線を離そうとしない。さすがに目のやり場に困り、香子はぎこちなくうつむいた。

なんだか不安になってきた。本当に誤解って解けてるよね? そもそも私、アメリカにも中国にも行ったことがないし、それ以前にこの人に会ったこともないんですけど。

なのに、何故そんな目で私を見るの? そんなに私がメイユィさんに似ているの……?

彼の視線を感じているだけで、心が浮き立つようにざわめいている。

馬鹿みたい——と思いながらも、自分が彼に惹かれているのを、香子は白旗を揚げるような気持ちで認めていた。

深みを帯びた声、綺麗な指、形のいい唇、男らしい喉仏。

セオに見せる甘い笑顔、父親らしい思案顔、妻を語る時の寂しげな微笑——そういったもの全てに強い魅力を感じ、その引力に自然に引き寄せられてしまっている。

（そんな相手に巡り会うなんて、男嫌いの香子ちゃんには奇跡みたいなものじゃない）

多分菫の言うとおりだ。人生でそんな風に思えた初めての人と、今、二人きりで夜景を見ながらグラスを傾け合っている。こんな奇跡、望んだって二度と得られないだろう。

「よければテラスに出ませんか」

不意に降りた沈黙を断ち切るように、彼は静かに言って立ち上がった。

「僕に話があると言いましたね。遅くなりましたが、香子の話を聞かせてください」


個室備え付けのテラスには、二人掛けのベンチとテーブルが用意されていた。

闇に沈んだ東京が、星屑のようなネオンに彩られている。涼しい風で頬のほてりが冷めたせいか、気持ちは少し冷静さを取り戻していた。

いくら奇跡でも、相手は資本提携先のＣＥＯだ。それを忘れたら大変なことになる。

「今日はありがとうございました。お食事もそうですが、会社でも助けていただいて」

彼が不思議そうな目をしたので、香子は「我是一個心胸狭窄的人」と小声で囁いた。

それで察したのか、彼は苦笑し、切れ長の目に人の良さそうな笑い皺を浮かべる。

「そのことでしたらお気遣いなく。元々は僕が原因なんですから」

「聞き取れたのが私一人でよかったです。でないと、みんな震え上がったと思いますよ」

「ははっ、確かに。もっと辛辣な言葉でやり込めてもよかったんですが、後で、香子が困ることになってはいけないと思って」

彼の楽しそうな笑顔に、香子は言葉もなく見とれていた。

この人と話しているとなんだかすごくウキウキするし、屈託のない笑顔を見ると自分まで楽しくなる。もっと話をしたいし、もっと彼のことをよく知りたい。

でも――記憶障害を抱える彼にとって、亡き妻と似ている自分と親しくなりすぎるのは、多分、あまりよくないことだ。

「ウィル、いえ……バトラーさん、今夜の本題をお話ししてもよろしいでしょうか」

深呼吸をした香子は、気持ちを切り替えて居住まいを正した。

「実は、内々にお願いしたいことがあるんです。私の上司、浦島のことなのですが」

できるだけ簡潔に、香子は自分と浦島が置かれた状況を説明した。

「そういうわけで、ご面倒でもバトラーさんから、うちの社長に念押ししていただけないでしょうか。私が処分されるのはともかく、浦島には何の責任もないことですので……」

話している途中から、香子はもう今夜の試みを後悔していた。無言で話を聞いている彼の目から、徐々に優しさが消えていくのが分かったからだ。

当たり前のことだが、今のバトラーにＰＴＳの人事に介入する権限はない。資本提携はあくまで予定に過ぎず、今回の視察にもＳＤ社は一切関与していない。

だからこの頼み事は、バトラーにしてみれば簡単に受けられるものではない。むしろ、彼がＰＴＳに借りをつくってしまうことになるだろう。

　そこまで気づいた香子は、少しうろたえて顔を上げた。

「……あ、あの、すみません、決して無理にというわけではなくて」

「いいですよ」

　彼は横顔で笑ったが、その笑顔には打って変わった冷たさしかなかった。

「でもその前に、今夜、僕があなたを招いた理由をお話ししてもいいですか」

　立ち上がったバトラーは、テラスの手すりに上体を預けると、再び静かに口を開いた。

「ご承知だと思いますが、僕は妻が亡くなった時のことを知りません」

　冴え冴えとした銀色の月光が、彼の整い過ぎた横顔を冷たく照らし出している。

「五年前――あれは、僕らが結婚式を挙げた翌日のことでした。僕らは一緒に暮らしていましたが、結婚はしていなかったんです」

　香子はただ眉をひそめた。感情を抑えて語る彼の沈痛がひしひしと伝わってくる。

「あまりにも幸福なひとときの後、残酷な別れが待っていました。共に眠りについた夜が明ける前に、まるで全てが夢だったように彼女は僕の前から消えてしまった。瀕死の僕が意識を取り戻したのは、彼女を失って一ヶ月も経ってからです」

　息をのむ香子の前で、淡々とバトラーは続けた。

「あの日から、僕の時計は止まったままです。あまりにも苦しくて、あまりにも辛い。いくら亡くなったと自分に言い聞かせても……無理でした」

「事故……だったんですか？」

ようやく、それだけ口にすることができた。バトラーは片頬だけでわずかに笑う。

「船舶事故です。多くの人が亡くなり、何人かは行方不明のまま、その事故で死んだとみなされています」

思わず彼を見上げた時、大きな影に覆われた。手すりと彼の間に閉じ込められた香子は、どこかしら恐怖にも近い気持ちで、影になった彼の顔を見上げる。

「僕は一度として、彼女の死を信じたことがないんです。なのでセオにも、彼女は日本で生きていると教えています。セオがあなたをメイユィだと思ったのはそういうわけです」

「……わ、私は、違います」

「知っています」

心ごと覗き込むように見つめられ、呼吸も心臓も停まったような気がした。

「あなたと会って、欲が出たのかもしれない」

――欲……？

「僕は、……どうしても、記憶を取り戻したい」

初めて聞くような切なげな声が、染み入るように夜陰に響いた。

睫を震わせる香子を、彼はどこか暗い目で見つめて、言った。

「日本にいる間、僕の妻として過ごしてくれませんか」

——え……？

「そうやって過ごせば、思い出せるような気がしませんか？　——これは僕の立場を利用した卑怯な提案です。その代わり、浦島のために僕はひと肌脱ぎましょう。その男のために、あなたは僕に抱かれる覚悟はありますか」

◇

トパーズ色の間接照明に沈んだ部屋は、窓から見渡せるパノラマの夜景に溶け込んでいるように見えた。

マリオ・コンチネンタルの最上階、メゾネット式のロイヤルスイート。

そのメイン寝室の広々としたベッドで、香子はバトラーと並んで座っていた。

時刻は間もなく深夜になる。キッチンダイニング、バー、シアタールーム、テラスにはジャグジー付きのプールまであるこの部屋にいるのは、今、香子と彼の二人だけだった。

「……何か、飲みますか？」

彼の問いかけに、香子は緊張で強張った首を横に振った。

先にシャワーを浴びてベッドに座っていたバトラーは、バスローブ姿で寝室に戻ってきた香子を見て、少し驚いたようだった。

もしかすると、そのまま帰ると思っていたのかもしれない。

レストランから半ば強引に香子を連れてきたくせに、この部屋に入ってからの彼は、ひどく無口で憂鬱そうで、テラスで口にしたことを後悔しているようにも見えた。

(その男のために、あなたは僕に抱かれる覚悟はありますか)

今でもよく分からない。あの時、何故頷いてしまったんだろう。

驚きで呆然として、多分、かなり混乱して――それで、とりあえず頷いた。

混乱したのは、彼がとんでもない勘違いをしていることが分かったからだ。彼は、私が浦島課長を好きだと誤解し、それで話の途中からみるみる不機嫌になったのだ。

誤解を解きたい気持ちと、頷いた自分への驚きと後悔――彼への同情と失望と怒り。

そんなめまぐるしい感情を抱えたまま、部屋までついて来てしまったが、浴室で一人になった時、不意に気持ちが冷静になった。

一体私は、何に失望し、なんのために誤解を解こうと焦っているのだろう。

まさかと思うけど、彼に何かを期待してた?

奥様が亡くなった時のことを思い出すために、私を抱こうとしている身勝手な男に?

一瞬、部屋を出ていこうとした香子だが、その時、天啓のように閃いた思いがあった。

――だったら私も、彼を利用すればいい。

なにしろバトラーは、恋にも男にも興味の持てなかった自分が、唯一淡い期待を抱くことができた相手なのだ。菫の助言どおり、この奇跡の夜を人生の糧にしてやろう。そうすれば、あんな虚しくて切ない夢を二度と見なくて済むかもしれない。——

「香子……」

現実の囁きが、香子の思考を遮った。下ろした髪に彼の指が触れるのが分かり、反射的にびくっと身をすくませる。

まるで復讐劇のヒロインみたいな勇ましい気持ちは、彼と二人になった途端、あっという間に消え去った。今はただ、これから経験することへの不安しかない。

全く現実味がないが、今から私は、昨日会ったばかりのこの人とセックスするのだ。

屈み込んだ彼にぎこちなく髪を撫でられ、その手を肩に回される。そのまま上体が背後に倒されるのを感じ、まるで意識を失うような感覚で香子はぎゅうっと目を閉じた。

ドッドッドッと心臓が激しい音を立てている。

ローブ越しに感じられる温かくて硬い筋肉。清潔なシャボンの香り。上に重なった彼の前髪が額を掠め、唇に温かなものがそっと触れる。

「——っ」

キス——昨日と違い、羽毛が触れるように優しい感触が唇を滑っていく。

なのに、香子は無様なくらいガチガチになっていた。

自分の睫が震えている。繰り返されるキスの合間に彼が何かを囁いたような気がするが、耳鳴りのような動悸の音で聞こえない。

やがて彼が唇を離し、香子の身体をゆっくりとベッドの中央に移動させる。人形みたいになすがままの香子だが、彼の動きもそこで止まった。そして沈黙だけが過ぎていく。

——ウィル……？

おそるおそる目を開けると、バトラーはひどく辛そうな目で、香子の顔を見つめていた。

「……僕を、怒っていますか」

「え……？」

「僕は、あなたを傷つけましたか」

その刹那、彼が抱いている強い後悔が伝わってきて、香子は胸がいっぱいになった。

私を傷つけたくせに、自分が一番傷ついた顔をする。なんてずるい男だろう。

「……怒っていたとしても、それはあなたが考えているような理由じゃないですから」

こんなに早く楽にしてあげるつもりじゃなかったのに——そう思いながら香子は続けた。

「う、浦島はただの上司です。恩人だし、助けたい気持ちはありますけど、浦島のためにあなたとなんてあり得ない。馬鹿にするのもいい加減にしてください」

目を見張る彼の驚きと戸惑いが分かり、香子は白状した勢いのままに言葉を継いだ。

「……こ、この際、私が、あなたを逆に利用してもいいと思ったんです」

「……利用？」

「一度経験してみたら、人生が変わるかなって思って」

なんでこんなことまで喋ってるんだろう――後悔しながら、目をつむって香子は言った。

「初めてなんです、こういうの」

彼が驚きで息をのむのが分かった。恥ずかしさで、みるみる自分の耳が熱くなる。

「ずっと男の人が苦手で……キ、キスも、昨日が初めてで」

「……、それは」

「だったらもう、ウィルでいいかなって思ったんです」

私には、こうなってもいいと思えた人はあなたが初めてだったから。

あなたが抱く悲しみや喪失感が、どうしてだか自分のことのように思えたから。

その言葉はのみ込んで、香子はおずおずと彼を見上げた。

自分の中のやましさを口にしたことで、さっきよりは少しだけ気持ちが楽になっている。

「……怒りました？」

答える代わりに、彼は気が抜けたような苦笑を漏らした。

そして自分の額を香子の額に押し当て、しばらくの間無言になる。

「少し。……まるで、僕以外の誰でもよかったような言い方だから」

「――、そんなこと言える立場です？　自分の方が、もっとひどいこと言ったのに」

「浦島を信じているのですか」

「――？　信じるって……あの人は信頼できる上司だし、私の兄の友人ですけど……」

　妻子持ちの浦島と自分を、一体どういう勘違いをしたら疑えるんだろうと思ったが、口に出そうとした疑問は、ふわりと優しく抱き締められて喉の奥で消えていった。

　変だな、私。この複雑な感情を、どう整理していいか分からない。

　彼への好意と愛しさと、自分が身代わりとして扱われている寂しさとやるせなさ。

　そんなものが頭の中で入り交じって、なのに今、彼の胸で不思議な幸福を感じている。

「……じゃあ、ゆっくり始めましょう」

　彼の言葉に、香子は瞬きをして顔を上げた。

「ゆっくり？」

「はい、ゆっくり」

　笑いを帯びた目と優しい声、頬を包む手の温かさに、胸の奥がとくんと疼く。

「僕もこの五年、女性に触れたことがない。多分今、あなた以上に緊張しています」

　濡れた唇の音が静まり返った室内に響いている。

　仰向けになった香子の首を片腕で抱き支えながら、バトラーは何度も繰り返し、様々に形を変えて香子の唇にキスをした。

羽のように表皮を掠める淡いキス。唇全体で弾力を味わい、ちゅっと軽い音を立てるキス。

香子もそんな彼の肩に手を添えて、熱に浮かされたように口づけに応えていた。

彼の舌先が上唇をそっと辿り、下唇を甘噛みされる。粘膜が触れ合う度に胸が切なく疼き、肌が熱を帯びてくる。

当初の目論見を失った二人が、今、何のために恋人みたいな口づけを交わしているのか、香子にはいまひとつ分からない。それでももう、彼とのキスをやめたいとは思わなかった。

時折見つめ合う互いの目が情欲で潤んでいる。肌の甘い匂い、唇の柔らかさと吐息の熱さ。五感で味わう彼の何もかもが心地いい。

「ぁ……」

唇の裏側を舌先で舐められ、初めて細い声が漏れた。彼もまたかすかにうめき、香子の歯をこじ開けるようにして舌を口内に差し入れてくる。

甘い声を上げた香子は、胸を弾ませながら彼の腕を強く握った。敏感な粘膜で感じる舌の感触に胸が疼く。呼吸がしづらいせいか、次第に頭に霞がかかったようになってくる。

「ぁ、……ぅ」

ぬるぬると口の中を舐め回される気持ちよさに、薄く開けた双眸が潤んでくる。

彼の唾液は、少し前に飲んだ極上のワインのようだった。飲み下す度に、頭の芯が心地よく痺れ、身体が熱くなっていく。

二人のローブはいつの間にか取り払われて、香子はゲスト用に用意されたショーツとキャミソール、彼は黒のボクサーパンツだけになっていた。

薄いシルクを持ち上げる二つの胸を、彼がそっと包み込む。香子はビクッと身体を震わせ、折った指を唇に当てた。

大きくて温かい手で、やわやわと胸を押し揉まれ、その気持ちよさに鼻から抜けるような吐息が漏れる。官能的なキスが、チュッ、チュッと顎や喉に落とされ、胸の中央の一番疼く場所を温かな指腹が擦り立てる。

「ア、……ぁ」

香子は、ひく、ひくとしどけなく腰を波打たせ、彼の愛撫に簡単に陥落した。やがて立ち上がった薄桃色の乳首が、薄いシルクに二つの可愛らしい突起を形作る。

彼はそれに交互に口づけ、舌を当てた。舌腹で優しく舐め上げられて、チュッと音を立てて吸い上げられる。

「ぁ……は……」

とろけるような快感に、香子は睫を震わせながらおとがいを反らした。全身が淡く痺れ、内腿の間にあるものがとくとくと甘く疼き始めている。

胸を離れた彼の手が腰を辿ってキャミソールの下に入り込む。そのまま、ゆっくりと、シンプルなシルクがめくり上げられる。

「……ゥ、ウィル」

上げさせられた両手から上半身を覆っていたものを引き抜かれ、香子は羞恥に耳を染めて頼りない声を上げた。

睫を震わせる香子の目は官能的な潤みを帯び、長いキスでほんのり腫れた唇もしっとりと濡れていた。何度もキスされた乳首は、朝露に濡れた桃花の蕾のようにいじらしく立ち上がり、真っ白な肌は薄桃色に染まっている。

そんな香子を、かすかに喉を鳴らして見下ろすと、バトラーは賞賛を込めた声で囁いた。

「……你真漂亮《ニーヂエンピィアオリィアン》」

中国語で君は美しい。彼の双眸には薄い水の膜が張り、泣いているようにも見える。

「本当に、夢みたいに……君は、美しいよ」

香子は、ふと切なさを覚えて目を潤ませた。今、彼が見ているのはメイユィだ。私は今、メイユィそのものになっているのだ。——いや、それを考えるのはもうやめよう。

屈み込んだ彼の唇が、乳首をそっと包んで甘嚙みする。それだけで下肢に甘い痺れを感じた香子は眉を寄せて唇を嚙む。彼は、片手で香子の腿を熱っぽく撫で上げると、ショーツの縁に指をかけた。

「ん……ン」

彼の口内に閉じ込められた乳首が、温かな舌で転がされている。

舌先で先端をつつかれて唇全体で甘く吸われ、チュッチュッと軽くついばまれる。

さざ波のようなゆるやかな快感が髪の生え際にまで押し寄せてきて、香子は足の指に力を込めた。額にうっすらと汗が浮き、白い歯が唇から零れる。

「ぁ……ウィル……ぁ」

いつの間にかずらされたショーツが片方の足首に絡みつく。彼の手が香子の腹を滑り、下生えの際をそっと撫でる。

「ぁ……、ぅ」

あまりの恥ずかしさに唇が震えた。今まで誰にも触れさせせたことのない淡い叢を、彼の指が優しく撫でてかき分けている。しかも、膝を割るようにして彼の脚が入り込んでいるため、はしたなく開かされた脚を閉じることもできない。

それでも抗おうとした途端、硬い指がヌルリと柔肉の合わせ目に入ってきた。

「っ、あ……、」

香子は睫を跳ね上げた。彼の太い指が、幾層にも重なった花びらの間を撫で上げる。そこはもう滴るほどに濡れていて、とろりとした蜜が彼の指にまとわりつく。

「――、香子、すごく情熱的だ」

囁いた彼の声はかすかに掠れ、わざと羞恥を煽るような意地悪い響きが感じられた。

「分かるかい？　君の中は、とても熱くて柔らかい」

「ぁ、……ゃ」

香子は泣きそうな声を上げ、子供みたいに首を横に振って彼の肩に顔を埋める。

「僕の指が溶けてしまいそうだ。ヌルヌルして……本当に気持ちいいよ」

彼は香子の耳に口づけ、舌先を耳殻に滑らせた。それだけで悶える香子を優しく押さえ込み、秘肉の中心に当てた指をソフトなタッチで動かし始める。

「……ぁっ、や、ンッ」

花びらの間に潜りこんだ指は、そこでリズミカルに上下する。温かな指腹がぴったりと割れ目を塞ぎ、小刻みな振動を与えてくる。

「——あ、」

夢と同じ感覚に、香子は唇を震わせた。たちまち下腹の方にまでじぃんと甘ったるい電流が駆け上る。

息が弾み、瞼がとろりと重くなる。気持ちよさで、もう何も考えられない。肌が汗ばんで全身が熱くなり、吐く息が自分のものとは思えないほど荒くなる。

彼は時折指の動きを止め、蜜をまとわりつかせた指を、花びらの下に潜む膣口に浅く埋めてくる。最初こそ異物感に息を止めた香子だが、すぐに指が抜かれて巧みな愛撫が与えられるため、やがてその違和感すら気にならなくなる。

気づけば第二関節の辺りまで埋められた指が、ヌプッヌプッと淫らな抽送を始めていた。太い関節で繰り返し膣肉を押し開かれる心地よさに、香子は声もなくおとがいをのけぞらせる。

「ぁ……っ、あは」

いやらしい水音と、入り交じる二人の吐息。指を埋められる度に、腰骨が甘くとろけ、鼻先に白い火花が散る。

「──、ぁ、あ、ウィル、いや、あ……ぁ」

ひくっひくっと腰を跳ねさせながら、香子は初めてのエクスタシーに身を震わせた。

闇に放り出されたような数秒の空白の後、水を含んだ真綿みたいに重くなった身体が、ぐったりとベッドにくずおれる。

──あ……私……。

心臓が痛むほど鼓動が速い。呼吸が弾み、泣いた後のように自分の目が潤んでいる。

ぼんやりとした視界の中に、逞しい男性のシルエットが現れる。それが、夢に現れる男に見えて、香子はうっすらと目を細めた。

もちろんここにはバトラーしかいない。彼は香子に覆い被さるようにして膝をつくと、優しく唇をついばんだ。

「……香子、君ほど魅力的な人を、僕はこれまで見たことがない」

潤んだ墨色の瞳と、口角の上がった綺麗な唇。滑らかな肌は薄く浮いた汗のせいで、艶めかしい光沢を帯びている。

魅力的なのはこの人の方だ——と香子は思った。こんなにも美しい男に、たとえ誰かの身代わりだとしても真剣に愛されている。女としてこれ以上の幸福があるだろうか。

膝裏に彼の手が差し入れられ、左右にそっと開かされる。前傾姿勢になった彼がゆっくりと体重をかけてくる。

「——香子……」

腿に温かくて硬いものが擦りつけられるのを感じ、香子はこくりと喉を鳴らした。心臓が躍るように跳ねている。ドクン、ドクン、ドクン、ドクン。

「力を抜いて」

「ンっ……」

「大丈夫、ゆっくりする」

なだめるような優しい声。片腕で自重を支える彼の吐息が額にかかり、折り曲げた自分の膝が顎につく。信じられないほど恥ずかしい体勢になったのが分かったが、それを気にする余裕はなかった。

硬くて熱いものが、先ほどまで彼の指をのみこんでいた場所に力強く押し当てられる。

「……っ」

「大丈夫」

「ン、……でも」

「……大丈夫、本当に痛くない。そのまま、肩から力を抜いて」

膝頭にちゅっと口づけられて、ふと涙が滲みそうになった。なんでこんなに優しいんだろう。いい年をして子供みたいに怖がる女なんて、面倒くさいと思わないのかな。

ヌル、ヌル、と探るように膣口の辺りを擦っていたものが、収まるべき場所を見つけたかのように、ゆっくりと圧をかけてくる。

香子は彼の肩にすがるようにしがみつき、力一杯目を閉じた。彼の吐く息が睫にかかる。同時に狭い入り口がゆるやかに割り広げられていく。

ピリッとした疼痛が走り、香子は眉を歪ませた。が、痛みといえるものはそれくらいで、後は、徐々に体内を埋め尽くしていく強烈な圧迫感が全てになる。

「ぁ……ぅ……」

「――、く」

何故か辛そうにうめいたのは彼の方で、香子は彼の脈動と熱を感じる場所から、細胞がざわめくような気持ちよさが広がっていくのに半ば恍惚となっていた。

――……嘘みたい……全然、痛くない……。

硬くて太いもので押し開かれていく感覚が、うっとりするほど気持ちいい。

うつむいて息を吐いた彼が、香子の指を自分の指で絡め取り、唇に淡く口づける。

「……香子」

囁く声は切なく掠れ、香子を見下ろす濡れた双眸には、想像もできないほど深い、何かの感情が入り混じっているように見えた。

それが自分に向けられたものではないと分かっていても、彼の苦しさや切なさが伝わってきて、香子は胸がいっぱいになる。

ぎこちなく触れ合っていた舌が、やがて何年も前からやり方を知っていたかのようにスムーズに絡まり合う。彼の逞しい肩にすがりついたまま、香子は、彼がゆっくりと腰を動かしてくるのに身を任せた。

緩やかな抽送は少しずつ間隔が狭まって、濡れた打擲音《ちょうちゃく》が室内に響き始める。

「あ……ぁ」

唾液を奪うようなキスから解放された時、思わず零れたのは、苦痛ではなく悦びの声だった。身体の中心に温かくて気持ちいい熱が立ち込めている。質量を持った熱塊で穿たれている場所が、ひくひくと疼いて脈打ち、のみ込んだ彼の肉茎を締めつける。

「……っ、はっ……」

苦しげに息を吐く彼の額は汗で薄く濡れ、初めて見るような余裕のない目が、切なげに香子を見下ろしていた。不意に愛おしさが胸に溢れ、香子は息もできなくなった。

なんだろう。今、あり得ないことをふと考えてしまった。絶対にあり得ないけど、すごくすごく遠い昔に、この人とどこかで――

彼が身体を起こしたのでおぼろな思考は遮られる。彼は、香子の両足を束ねて抱えると、自分のものを埋めたまま、身体を左に傾けた。

香子が横臥し、彼がその背後に回り込む体勢だ。彼は香子の腰に手を添えたが、しかし不意にそのまま動かなくなった。

「……、昔、交通事故で」

彼が何を見て動きを止めたか分かった香子は、それを事前に打ち明けなかった迂闊さを悔いながら、囁くように告白した。

香子の背には、肩甲骨の下から脇腹にかけて十五センチ程度の縫合痕がある。色は肌に紛れているが、指で触れるとうっすらと筋状に盛り上がっているのが分かる。

「気持ち悪いですか？　自分ではあまり見たことがないんですけど」

答えの代わりに、彼は傷痕を優しく指で辿り、そこに淡く口づけた。思わぬ場所に濡れた感触を覚えた香子は、ピクンッと腰を跳ねさせる。

それに呼応するように、彼は再び腰を抱き、ゆっくりとした抽送を再開した。香子の脚を自分の膝を使って押し開き、緩やかに奥を突いた後、半ばまで抜いてからまた深い場所に入ってくる。

「ン、……ぁ、はぁ、ぁ……」

背中から優しく突き上げられ、身体が浮遊するような気持ちよさに香子は喘いだ。彼に求められるままに顔を傾け、舌を触れ合わせるようなキスをする。

「ん……ン」

今日初めてやり方を覚えたキスなのに、こうして差し出した舌をこね合わせるのが、癖になりそうなほど気持ちいい。

初めてのセックスでこんなに気持ちよくなって、すごくいやらしい気持ちになって、私は一体どうしたんだろう。もっとこの人とキスしたい。もっと気持ちよくして欲しい。

彼が力強く肉茎を出し入れする度に、温かな蜜が花びらを濡らして腿を伝う。荒々しい吐息がうなじにかかり、肉のぶつかり合う打擲音が激しくなる。

「はぁっ、はぁ」

獣じみた吐息を漏らした彼が、揺れる香子の胸を摑み、荒々しく押し揉んだ。乳首を指腹で転がして、きゅっと指先で摘まみ上げる。

「――あ、」

みるみる官能の波が高まって、鼻先でパチパチと火花が弾けた。腰の奥で無数に芽吹いた快感の蕾が、次の瞬間一斉に花開く。

「っ、ウィル、ん……っ、あはぁっ……あ、ああ、ぁ……っ」

跳ねる身体を抱き締められ、うなじに熱い唇が押し当てられる。彼の腕の中で反り返った身体がうつぶせにされ、殆ど力をなくした香子の中に何度も剛直が打ち付けられた。

「――っ、香子……、く……っ、ぅ」

呼吸の荒さと抱き締める腕の強さで、彼もまた到達したことが伝わってくる。

そっと仰向けにされて唇に口づけられる。彼に何かを囁かれた気がしたが、もうそれが夢か現実かも分からない。

恍惚の極みの中で少しずつ視界が暗くなり、香子はそのまま意識を手放していた。

宝石が影を落としたようなトパーズ色が、眠る香子の肌を幻想的に照らし出している。

長い睫と優しい鼻筋、薄く開いた唇から零れる規則正しい吐息――。

彼はその寝顔を、身じろぎもせずに見つめていた。

言葉にならない感情が胸を満たし、今も気持ちを千々にかき乱している。一体自分は、これから何をしようとしているのか、本当にそれが正しいことなのか。

ひとつ分かっているのは、昨日までの自分には二度と戻れないということだ。

その時、静寂を破るようにサイドテーブルのスマホが振動した。

すぐに取り上げて耳に当てると、ベッドを下りるより早く昊然の声が聞こえてくる。

『例の調査が完了しました。ご指示があり次第いつでも公にできます』

「そうか、随分と早かったね」

『あれだけの証拠が揃えば、社長の娘婿でも言い逃れはできません。失脚どころか刑務所行きでしょう』

我是一個心胸狹窄的人《ウオシーイーグエアシンシイオンシアヂャイデイレン》
彼は、心の中の暗い場所でその言葉を呟いた。――そう、僕は極めて心が狭い。

それだけは遠い昔に断ち切った血の名残なのかもしれないが、彼は決して、彼女を貶めた連中を許す気はなかった。

『ただ、公開するかどうかは慎重に判断した方がいいでしょう。調査で名前が出てきた例の浦島ですが、前職は公安でした』

公安――公安警察官。思わず目を見張った彼は、その驚きを隠して先を促す。

『所属は外事第四係、対中国防諜担当。ただしどんな任務についていたのかまでは分かりません。教えて下さい、あの人物をどこで見られたのですか』

「…………」

咄嗟に横目で窺った香子は、身じろぎもせずに健やかな寝息を立てている。

『衛《ウエイ》様、聞いていますか？』

今、昊然が彼を「衛様」と呼んだのは間違いではない。陽衛《ヤン・ウエイ》。それが、ウィリアム・リー・バトラーと名乗る男の本当の名前だからだ。

『もし顔見知りなら、向こうも衛様を認識している可能性がある。場合によっては、一刻も早く日本を離れる必要があります』

「彼は僕の顔を知らないだろう。——僕が彼の顔を見たことも知らないはずだ。少なくとも、そういう反応ではなかった」

どこで浦島の顔を見たか。

それを昊然に打ち明けるのをためらったのは、言えば必ず、帰国すると言い出すからだ。向こうがこっちを認識していなければ、放置していても問題ない。少なくとも今は。

『……衛様、最初から危惧していたことですが、ＰＴＳは警察の天下り先で、元警察官が大勢いる。浦島の前職を調べ漏らしていたようなミスがまたあるかもしれない』

「——昊然、僕はどうなっても構わないんだ」

『衛様、』

「僕は、彼女をもう一度手に入れた。もう……何も怖くないんだ」

通話を切った陽衛は、香子の髪をそっとすくい上げて口づけた。

「美雨《メイユイ》……」

陽衛は低く呟き、彼女の背中——痛々しい縫合痕をそっと指で辿った。

気づけば鼻筋を涙が伝い、それが彼の唇を濡らしていた。

「美雨、……ようやく、君に会えた……」

第二章　宝物のように愛されて

雨が降っている。

土砂降り――いや、肌を撫でるような優しい雨だ。

まるで水の底に沈んでいるように見える世界は、自分が泣いているせいだと、陽衛はようやく気がついた。

今朝、彼の世界は崩壊した。彼はなにより大切な花を失ったのだ。

胸をかきむしりたいほど苦しく、身体が引き裂かれそうなほど悲しいのに、今日、彼の視界を流れていった景色は普段と変わらずに美しかった。

黄金色の朝日に照らし出された美麗な街並み。抜けるような青空にたなびく雲。

新緑の緑は鮮やかで、初夏のそよ風が木々の葉を優しく揺らしている。

やがて全てが黄昏に沈み、雨が目に映る風景を柔らかな色調で覆っても、彼はその場から動けなかった。

分かっていることだった。人に降りかかる厄災は、この世界にわずかな影響も与えない。世界とは、残酷なまでにそこに生きる者に無関心なのだ。――

「大丈夫ですか」

その声がかけられる何秒か前に、彼は、髪を濡らす雨が遮られるのを感じていた。かざされた傘の下に、若い東洋人の女性が立っている。

形のいい瓜実顔。澄んだ黒褐色の双眸が、心配そうに彼を見下ろしている。

「あの……ミスター、……先日、お会いした人ですよね」

そう言われ、何日か前、バチカンのサン・ピエトロ大聖堂で出会った人だと、ようやく虚ろな頭が認識した。

ミケランジェロのピエタ像の前で、彼女は唇を噛みしめるようにして泣いていた。像の前は観光客で溢れ、一人が長く留まることを許してはくれない。やがて人混みに押し出されるようにふらふらと歩き出した彼女の後を、陽衛はつい追っていた。

放っておいたら、そのまま一人でテベレ川に飛び込んでしまいそうな気がしたからだ。

追いついた彼女に声をかけた陽衛は、その日、生まれて初めて軽薄な男を演じた。

遊び慣れたふりでデートに誘い、無理やり食事を奢ってフィレンツェの街を案内した。

薄っぺらい口説き文句と浅薄な振る舞い。そんな男を、真面目そうな彼女がどう思うかなど考えるまでもない。

ただ、楽しい男と思ってもらえればよかった。その上で、こんな男にひっかかる女は馬鹿だと思えたらなおよかった。

なので名前を聞かず、その代わり彼女を見つけた時の第一印象で彼女を呼んだ。

美雨《メイユイ》――彼女の深淵のような瞳を濡らす涙は、まさに美しい雨だったから。

今、彼を見下ろす彼女の顔貌は、ピエタ像のマリアのようにあどけなく、優しく、全てを赦すような慈愛に満ちている。

「……、你需要幫助嗎《ニーシユイヤオバンヂユマー》」

たどたどしい中国語を口にした彼女は、少し困ったようにふっくらとした唇を嚙み、今の言葉を日本語で言い直した。

「私に、何か力になれることがありますか……？」

◇

「どうしたの？　スカーフなんて珍しい」

翌日――ＰＴＳ本社十五階。

始業前に駆け込んだサニタリーで、首に巻いたスカーフの位置を直していた香子は、飛び上がらんばかりに驚いた。

個室から出てきた同僚の歩美が、目元から笑いを消して眉を寄せる。

「何？　慌てちゃって怪しい。もしかしてキスマークでも隠してるの？」

「っ、ううん、風邪気味で少し喉が痛いから、温かくしようと思って」

よりにもよって最悪な相手の前で、適当な言い訳をしてしまった。案の定、歩美はやっぱりねという目になる。

「へーえ、もしかして相手は浦島課長？」

「……え？　はい？」

「前から仲良すぎだと思ってたんだよね。課長、大切な仕事は全部秋月さんに任せるし」

愕然とした香子は、始業開始ぎりぎりまでそんな事実はないと言い張ったが、全く信じてもらえなかった。

とはいえ、ＣＥＯとの関係を疑われるより何倍もマシだ。しかも、歩美の指摘は図星だった。スカーフを首に巻いているのは、まさにキスマークを隠すためなのだから。

気づいたのは、自宅の玄関で靴を履こうと屈み込んだ時である。靴箱の扉に取り付けてある全身鏡に、自分の首筋が映り込んだ。そこにちらっと見えた紅い痕——それはうなじの真ん中辺りに、驚くほど堂々と刻まれていた。

時間にすると今から九時間にも満たない前、バトラーがつけたキスマークだ。

——信じられない。あんなところに普通、痕なんてつける？

——てか、私が知らずに仕事に行ってたらどうするつもりだったわけ？

香子は憤慨しながらその日の仕事に取りかかったが、同僚に疑われたことで一時燃え上がった怒りは、すぐに萎んで弱々しくなった。

——……ウィル、怒ってるだろうな。

今朝——明け方、身体を包み込む優しい温もりで目が覚めた。

その刹那、夢を見ているのか、現実を見ているのか香子は本当に分からなくなった。

目の前に、一夜を共にした人の整った顔がある。長い睫と筋の通った形のいい鼻、首の下に回された逞しい腕、頬の辺りにかかる柔らかな吐息。

ほの暗い影を浮遊させる間接照明のせいか、彼の肌は霞をまとったように淡く翳り、その存在をいっそう希薄に見せていた。

見えない感情に突き動かされるように、香子は彼の顔におそるおそる指を伸ばした。

実感のある何かに触れたかったのだが、不意にその髪を——少し寝乱れた艶やかな髪を、子供みたいにかき回したいような不思議な衝動に駆られた。

その時、彼の双眸がなんの前触れもなしにいきなり開いた。

彼もまた、固まる香子の顔を夢でも見ているような目で見つめ——すぐにその目を優しく細める。

「早上好《ザオシャンハオ》」――おはよう。

彼の唇が言葉を発した途端、不意に世界に光が満ちた。

布団の下で触れ合う素肌は温かく、四本の足がもつれるように重なり合っている。もう触れて確かめる必要はなかった。最初から彼も私もここにいたのだ。

「朝食は何にする？　天気がいいから、セオと一緒にバルコニーで食べようか」

囁いた彼が香子を抱き寄せ、温かな額をそっと寄せてくる。香子はぼうっとしたまま、彼のキスに身を委ね――ようとした時、スマホのアラームが鳴り響いた。

様々な現実が、そのアラームで一気に頭の中に落ちてきた。平日――出勤、ここが会社からも自宅からもかなり離れた場所であること。着替え、メイク、そして何故か兄の顔。

香子は彼を押しのけて、シーツを身体に巻き付けた。

「――ごめんなさい、私、一度家に帰らなきゃ」

「ここから行けばいい」

彼は驚いたように瞬きをし、さも当然のことのように言った。

「一昨日、セオが汚した君のスーツを新調してある。他の着替えもコスメも全部用意した。会社へは昊然に送らせよう。――食事を楽しむ時間はあるだろう？」

そして彼は、香子をメゾネットの二階に案内した。

そこはゲストルームのようで、色彩は明るい淡色で統一されていた。階下が全てシックなベージュ色だったから、ここだけ別空間のような趣がある。

天井は開閉式の天窓になっていて、彼がスイッチを押すと天井全体がドーム状の空になった。瀟洒なバルコニー、サウナ付きの浴室、香子の部屋ほどの広さがあるクローゼット。

「着替えたらリビングに下りてきてくれ。セオと一緒に待っているよ」

一人になった香子は、それこそ夢でも見ているような気持ちでクローゼットに足を踏み入れた。

そこには、新品のスーツやブラウスを始め、様々な衣服が用意されていた。

可愛らしいインナーや高級そうなアウター、カジュアルなデニム、絶対似合わない色味のワンピース、イブニングドレス——そして、何故か深紅のチャイナドレス。

それは光沢のある絹布に美しい金刺繍が施された、いかにも高級そうな代物だった。袖は短いフレンチ・スリーブで、ウエストが締まって膝下から下が広がるマーメイド・ライン。新品ではなく、なんだか年季が入っているようにも見える。

——こんなもの、一体いつ着るんだろう。ハロウィンの仮装以外思いつかないけど……。

部屋の中央に置かれた真鍮の丸テーブルには、昨日の花が飾られていた。

(ナルシスです。スイスに咲く花で、妻がとても好きだったんですよ)

そこでようやく香子は、昨夜彼と交わした約束を思い出した。

(日本にいる間、僕の妻として過ごしてくれませんか)

思わず、深紅のチャイナドレスから逃げるように手を引っ込めていた。

ようやく分かった。ここは、彼の妻が好きだったものが詰め込まれた部屋なのだ。

室内の色調も、服も花も全部。そして香子という最後のピースをそこに当てはめようとしている。

昨日着ていた自分の服は、クローゼットの隅に置かれていた。全てクリーニング済みでビニールで梱包されている。少し迷ってから、香子はそれらを元通り身に着け、彼に何も言わずに部屋を出た。

少なくともセオに挨拶すべきだったと気づいたのは自宅に向かうタクシーの中だ。

それだけは本当に後悔したが、だからといって今さら引き返す勇気は持てなかった。

今も、香子は痛切に思っている。身代わりなんて安易に引き受けるべきじゃなかった。

あの部屋で、彼の妻が好きだった服を着て、彼の妻のようなメイクをして、彼の妻として振る舞うなんて絶対に無理だ。

そんなことをしたら、私の心が壊れてしまう。

（……香子、君ほど魅力的な人を、僕はこれまで見たことがない）

ぎゅっと胸が締めつけられるように苦しくなった。

昨夜、彼が入ってきた場所に、まだかすかな熱が残っている。それだけでなく、身体の奥にほのかな悦びの余韻が感じられる。

この充足感はなんだろう。まるでずっと欠けていた部分を彼がようやく埋めてくれたような。一人の女性としてようやく前を向けたような。

できればこの幸福だけを抱いたまま、彼との思い出を閉じてしまいたい。

もう一度会って不愉快な思いをさせるくらいなら、二度と、彼にもセオにも会いたくない。――


その望みは、あっさりと絶ちきられた。始業開始後、ほどなく香子は部長室に呼び出され、すぐに浦安《うらやす》の研修センターに向かうよう命じられた。

今日、バトラーが同センターの視察を行う。そこに立ち会えというのである。

「本来なら秘書課の女性に随行を頼むつもりだったんだがね」

昨日のことなどなかったかのように、総務部長はやたら上機嫌だった。

「社長の指名で急きょ秋月さんに変更になった。君は中国語が堪能で通訳代わりになるらしいね。その上、ＣＥＯのお気に入りときている」

その言い方には嫌なものを感じたが、かろうじて反論の言葉をのみ込んだ。

どうやら上層部は、香子を使ってＣＥＯのご機嫌とりをする方向にシフトしたらしい。

「今夜は、赤坂《あかさか》の料亭でＣＥＯの送別会がある。秋月さんも必ず出席するように」

それだけは、なんとか口実をつけて断ることに決めて、香子は部長室を後にした。

幸い研修センターには、浦島も別件で行く用事があったため、二人で社用車で向かうことになった。

研修資料を読む必要があるため、運転は仕方なく浦島に任せた。なんで断れなかったんだろうと、車に乗り込んでから後悔が押し寄せる。気分が悪いとか、熱があるとか、今にして思えば言い訳はいくらでもできたはずなのに。——

「珍しいね、スカーフなんて」

「——、はい？」

運転席の浦島が不意に言ったので、動揺した香子は資料を落としそうになった。

有料道路に入った車は、速度を増して浦安方面に向かって走行している。

「いや、そんな秋月さん見たことないから。セクハラだと思われたら困るんだけど」

「っ、ちょっと風邪気味なんです。これ巻いてるだけでかなり温かいですよ」

とはいえ、冷房の利きが悪い社用車は汗が滲むほどの暑さである。

なのにあっさり納得してくれた浦島は、すぐに視線を前に向けた。

「それにしても会社の連中にはまいったね。まさか君を、ＣＥＯに献上するつもりじゃないかと疑いたくなるよ」

「いやぁ、さすがにそれは」

「奥様に似てるって話だけど、眉唾だなぁ。その奥様の名前や国籍すら、僕らには分からないんだから」

名前はメイユィ、彼いわく日本人。ただ、確かに公式の資料は何もなく、全て彼が語った言葉だけだ。

「……確か船の事故で」

「――、船？」

「奥様だけじゃなく大勢が亡くなられたような……そんな事故だとお聞きしましたけど」

「……、へぇ、じゃそっちで調べれば何か分かるかな」

なんだか余計なことを喋ってしまった気がして、香子は急いで言い添えた。

「でも、わざわざ嘘をつく必要はないと思いますよ」

「君に一目惚れしたとか」

ぶっと香子は噴き出した。自分で言ったくせに同時に浦島も噴き出している。

「それは冗談だけど、一応用心してもいいんじゃない？　こっちは、向こうの正確な素性を何も知らないんだから」

香子は笑うのを止めて、ステアリングを握る浦島の腕を見た。

今日に限らず、どれだけ暑い日でも浦島は必ず長袖シャツを着る。本人は、腕に火傷の痕があるんだと笑っていたが、その原因までは聞いたことがない。

いかにもひ弱そうに見える浦島だが、警察での最後の所属は兄と同じ警視庁公安部。兄がとても尊敬していたから、相当優秀な刑事だったのだろう。

「それ、もしかして元刑事の勘……ってやつですか？」

「ははっ、そんな大袈裟なものじゃないよ。ただ、あれだけの人物の情報が全くネットに出回ってないのも変だと思ってね」

そういえば、彼の来訪が決まってから、香子も必死にネット検索しまくったのを覚えている。出てきたのは氏名と投資家という経歴くらい。顔写真は一切出てこなかった。

「ま、視察日程は今日で終わりだし、気にする必要はないのかもしれないけどね」

「――、そうですよ。私たちみたいな平社員は、二度と会うこともない人ですし」

彼のホテルの、最後に見た部屋を思い出し、香子はぶるっと首を横に振った。

もうそのことは考えない。会ったら今朝の非礼を詫びて、例の約束については断るしかない。――私には、無理ですと。

「あ、悪い、家から電話みたいだ」

車が渋滞に巻き込まれた時、ふとそう言った浦島が、ポケットから私用スマホを取り出した。背面に貼られているのは家族三人のプリクラだ。

「今日？　なるはやで帰るよ。モモの誕生日だろ？　うん、晩飯は俺が作るから」

なんという愛妻家ぶりだろうか。この会話を歩美にも聞かせてやりたい。

「奥様、幼馴染みでしたよね」

通話が切れた途端、香子は冷やかすように言っていた。

「もしかして警察を辞めたのって、奥様のためですか」

「全然違うよ。三十過ぎてお互い独身だったから、なんとなくそうなっただけ」

なおも質問したい衝動に駆られたが、そこではたと気がついた。

自分のテンションがおかしい。他人の恋バナなんてこれっぽっちも興味がなかったのに、どういうことだろう。これはどう考えても、昨夜の出来事が影響している。

だめだ、もっと気持ちを――一昨日レベルまで切り替えないと。

「じゃあ、課長はどうして警察を辞めたんですか？」

切り替えついでに、ふと聞いてみたくなったのは、香子自身が、今の仕事を続けることに迷いを覚えていたからだ。

香子がＰＴＳに入ったのは二十二歳の時である。特に警備の仕事がしたかったわけではなく、兄の勧めと、一日も早く自立したかったというのが本当のところだ。

最初の配属先が警備課計画係で、担当は警備計画だった。クライアントの要望に応じて警備計画を作成し、警備員の配置などを決める仕事である。

多くの警備知識が必要とされる大変な仕事だが、誰かの力になれると思うと嬉しかったし、やりがいも感じた。だから今でも、いずれは警備課に戻りたいと思っている。

その一方で、ＰＴＳで仕事を続けることが本当に自分の望む未来なのかと思うと、いまひとつ分からなくなることがある。本当にやりたいことは別にあるのに、それを忘れているような焦燥と虚しさを、ふと感じてしまうことがある。

とはいえ、それが何かと言えば分からない。まるであの夢のように――視界が雨に閉ざされて、自分の行きたい方向がよく見えない感じなのだ。

「……人生賭けてまでする仕事じゃないって分かったからかな」

ややあって、ぽつりと浦島は呟いた。

「いつ死んでもおかしくないのに、給料、ここより悪いからね。今でもあの頃の夢を見てうなされる時がある。――まぁ、二度とやりたい仕事じゃないよ」

◇

千葉《ちば》県浦安にある〈PTS研修センター〉は、新人警備員を育成するための施設である。広大な敷地に、地上六階の本館と宿泊施設を備えた別館、そして今年新設した防災訓練棟がある。この施設の中で、警備業務に必要な全ての訓練ができるようになっているのだ。

「CEO、こちらが玄関ロビーになります。さ、どうぞ」

午前十時。そんな声が本館エントランスから聞こえ、大勢の男たちがぞろぞろと中に入ってきた。バトラーの姿は遠目にもすぐに分かった。一際背が高いだけでなく、彼の周囲にだけ光粒が舞っているような輝きがあるからだ。

玄関で出迎える香子を見ると、最初から知っていたのか、彼は驚くことなく微笑んだ。

「やぁ」

香子も微笑んだが、動揺と緊張で上手く笑えているかは分からなかった。

インディゴのスーツにアイビーグレーのネクタイ。シンプルな装いがいっそう彼の美貌を引き立てている。

「ミスターバトラー、もし分からない日本語があれば、秋月になんでもお聞きください。今日一日、秋月にあなたをアテンドさせますので」

社長は上機嫌だったが、背後の宮迫は、懲罰会議での目論見が頓挫したことが不服なのか、明らかに不機嫌そうだった。

その証拠に、宮迫はどさくさ紛れに香子の側に近づくと、「身体でも使ったのかよ」と聞こえよがしに囁いた。思わず顔を上げかけたが、スタッフと会話しているバトラーに聞かれてはまずいと思い、ぐっと反論をのみ込んだ。

視察は予定通り始まった。現在、他県から来た四つのグループが宿泊研修をしており、その現場を順次見て回る形式だ。

対戦式の警棒訓練、ＡＥＤの使用法などを学ぶ救護研修、ＶＲを使った警備員体験など、社長が自信満々で披露するだけあって、最新設備を使った研修はどれも見応えがある。

バトラーはどの現場でもにこにこと機嫌よさげで、インストラクターの説明に真剣に耳を傾けていた。それだけでなく、マネキンを使ったAED体験や、身辺警備をVRで体験できる研修にも自ら進んで参加した。

もちろん通訳は必要なかった。それでも、彼は疑問に思ったことをまず香子に聞き、香子が教官に質問する形を取ってくれたから、周囲には通訳をしているように見えたろう。

それが彼の思いやりであることは、優しい眼差しや、気遣うような口調で分かっていた。少なくとも彼は、今朝の無礼に対して怒ってはいないのだ。

ほっとしていいはずなのに、何故だか気持ちがもやもやした。つまり彼にとって、今朝の出来事は怒るほどのことではなかったのだろうか？——

そうこうしている内に、一行は完成したばかりの防災訓練棟に入った。

この棟は商業施設を模倣した構造になっており、火災現場から客を避難させる訓練を行うことができる。

「皆様には、これから新人警備員の避難誘導訓練に参加していただきます。上の階で火災が発生したという想定です。警備員の指示に従って避難してください」

教官のアナウンスに、香子は少し緊張した。避難訓練に参加することは理解していたが、初めて見る防災訓練棟があまりにリアルに店内を再現しているので、売り場がひしめくフロアに閉じ込められて、このまま逃げ出せないような気持ちになってしまったのだ。

「では、今から館内に煙を充満させます。害のない煙ですが、視界は全く利かなくなります。新人警備員は、ただちに避難誘導を開始してください」

火災警報音が鳴り響き、頭上から白い煙が流れてきた。警備員役の研修生が誘導を開始するが、煙の広がり方が早く、すぐに何も見えなくなる。

「屈み込んで、ハンカチで口を押さえてください」

「屈み込んで！　口を押さえて！」

想像以上に視界が利かないのと、パニックを煽るようなけたたましいサイレンの音に、香子は足がすくんでしまった。

煙はフロア中に充満し、もはや床を這うようにして進まなくてはならない。

訓練慣れしているのか、社長も宮迫も煙の中で談笑していたが、香子は必死だった。

「屈み込んで！　口を押さえて！」

繰り返されるヒステリックなコール、サイレン、煙、息苦しさと見えない恐怖。

不意に心臓が鼓動を速めた。ドクドクドクドク。頭の中に、奇妙な光景が現れては消えていく。焔と悲鳴、爆音と立ち上る火柱、亡くなった伯母の顔、泥の中で倒れた紫陽花、散らばった新聞の切り抜き。

なにこれ？　意味不明なイメージの連続に、香子はぎゅっと胸を押さえる。ドクドクドクドク、恐怖にも似た強い不安、それが全身を縛りつけ、身動きが取れなくなる。

「――香子」

優しい声がして、手が温かなものに包まれた。はっと顔を上げると、バトラーの顔が目の前にある。

「大丈夫、落ち着いて」

「……ウィル」

「これは訓練だ、本当の火事じゃない。大丈夫だから落ち着いて」

彼は香子の肩をそっと抱き寄せると、リズムを取るように優しく叩いた。温かな体温とほのかに香る彼の香りに、少しずつ動悸が収まってくる。

そこで異変を察したのか、警備員役の女性が香子の元に駆け寄ってきた。

「お客様、大丈夫ですか」

香子はほっとしながら頷いたが、同時にバトラーの手が離れるのを、どこか寂しい気持ちで感じていた。


「お前、CEOの前でパニックになったんだってな」

宮迫に声をかけられたのは、体育館で護身術訓練を見学している時だった。

護身術はあらゆる警備員にとって必須スキルである。警察官と違って攻撃も逮捕もできない警備員は、いざという時は客と自分を守り、避難する時間を稼ぐ必要があるからだ。

元自衛官の宮迫は、この分野では教官を務めていたこともある。今も宮迫は上着を脱いで、新人警備員に手本を見せようとしているところだった。

「どうせわざとなんだろ？　ＣＥＯに気に入られて愛人にでもなるつもりかよ」

「違います」

「どうだかな、最初からいきなりキスするような男だ。本当はとっくに寝てるんだろ」

宮迫の下卑た目がスカーフに向けられたので、香子は首筋に血がのぼるのを感じた。

バトラーは今、別の教官から護身術の基本を教わっている。後ろから首を絞められた時、そこから逃げるためのごく簡単な動作だが、何度やっても上手くいかないようで、周囲からは明るい笑い声が聞こえてくる。

「バトラーさん、実は運動音痴なんですか？」

ちょうど女性グループの訓練だったようで、早くも彼は人気を集めているようだ。

宮迫はその光景を見て、馬鹿にしたように苦笑してから、輪の中心に入っていった。

「よーし、お前ら、今から俺が手本を見せてやるから、こっちに集まれ」

そして香子の方を振り返ると、

「秋月、来い」

えっと香子は立ちすくんだ。

「お前も警備員研修は一通り受けただろうが。後輩の前でお手本を見せてやれよ」

もちろん研修は受けたし、その時護身術も学んでいる。が、それはもう三年も前の話だ。しかも宮迫の目はどこか嗜虐的で、香子はすぐにその意味を理解した。

スカーフを取るつもりなのだ。

「おい、何をしておる、さっさと行かんか」

時間ばかり気にしている社長が、そこで苛立ったように催促した。時刻は正午を回っている。バトラーがどの現場でも熱心に話を聞いていたせいで、予定時間を大きくオーバーしているのだ。

「社長、僕がお願いしてもいいですか」

その時、あっけらかんとした声がした。先ほどまで、そのへっぽこぶりを研修生に笑われていたバトラーだ。

彼は一度羽織ったスーツの上着を再び脱ぐと、すたすたと輪の中心に入っていった。

「今、学んだことを実戦で試してみたいんです。宮迫専務、どこからでも来てください」

もちろん宮迫は苦笑して、「無理です」と言わんばかりに両手を広げる。

が、バトラーは右腕を伸ばし、まるで挑発するようにちょいちょいと中指を動かした。表情は穏やかなままだから、多分なんの気なしに——ふざけてやったジェスチュアだろう。とはいえ、プライドの高い宮迫の怒りを買うのは十分だった。

「ははっ、じゃあ行きますよ。CEOさん、痛くても怒らないでくださいよ」

宮迫は構えの姿勢を取ると、じわりとバトラーとの間合いを詰めた。

「――馬鹿めが、何をやっておる」

社長が呆れたように吐き捨てた。それはそうだ、初日に香子が軽く叩いただけで大騒ぎになったのに、よりにもよって娘婿が、もっと危険な真似をしようとしているのだから。

しかし、もう止めるタイミングは完全に逸していた。

まるで俊敏な獣のように、宮迫はバトラーに飛びかかり、あっという間に背後に回り込んだ。二人の身長はほぼ同じ、が、厚みでは圧倒的に宮迫が勝っている。

太い右腕がバトラーの首に巻き付き、左腕でホールドしながら締め上げる。

この攻撃から逃れるためには、まず首に回された腕に体重をかけてぶら下がらなくてはならない。そうすると、相手はこれ以上きつく締めることができなくなる。

次に、顎を相手の肘の隙間に入れて呼吸を確保、そして相手への反撃に移る。

バトラーは何度やっても呼吸を確保する動作が上手くできず、そこでギブアップして咳き込んでいた。

が、今、彼はものの一秒でその工程を終わらせた。そして目にも止まらぬ速さで最終段階に移行する。相手の足を踏み、肘であばらを素早く打つ。怯んだ隙にさっと逃げる。

「う……、っ、か、は」

ゴキッと嫌な音がした時には、全てが終わっていた。膝をついた宮迫は目を剝き出しにして口を開き、唇からだらだらと涎を垂らしている。

「すみません、専務、加減がよく分からなかった」

バトラーが慌てて膝をついて介抱するが、宮迫は言葉もなく悶絶している。

宮迫が両手で押さえているのはあばらではなくみぞおちだ。人間の急所のひとつで多数の交感神経が走っている場所。痛いし、衝撃で横隔膜の動きが止まると、呼吸困難に陥る。

偶然入ったのだろうが、あの宮迫のホールドを解くなんてあり得ない。もちろん、宮迫が油断し、手加減していたのだろうが……。

立ち上がったバトラーが、ちらっと香子に視線を向ける。

それはどこか楽しげで、いたずらを上手く隠しおおせた子供みたいな表情だった。

◇

葛飾区《かつしか》――。香子の家は、川沿いに広がる閑静な住宅街にある。

築五十年になる二階建ての日本家屋で、今は香子の名義だが、元々は父方の伯母のものだった。それが伯母の死後に兄名義になり、香子が二十歳の時に兄から受け継いだ形だ。

午後八時。静まり返った住宅街を、香子は自宅に向かって歩いていた。

夜は人通りが極端に減るため、用心のためにスマホを片手に持っている。それが振動する度にはっとして目を向けるが、待っている人からの連絡はないままだった。

「…………」

今日一番の驚きは、宮迫が救急車で運ばれたことだ。研修センターの視察後、宮迫も本社に戻ったのだが、その直後に容態が悪化したらしい。

その騒ぎでバトラーの送別会が中止になったため、香子はたまった仕事を片付けるために残業した。

結局バトラーとは、研修センターで別れ際に交わした会話が最後になった。

(もしかして、以前、火災に遭ったことが？)

彼は、避難訓練で軽いパニックを起こした香子を、ずっと気にかけていたようだった。

(いえ、ないです。突然煙に巻かれて驚いてしまって――ご迷惑をおかけしました)

実際、自分があんな風になったことに、香子が一番驚いていた。

あれはなんだったんだろう。突然動悸が速くなって、色んなイメージが頭の中に閃いた。

焔と悲鳴、倒れた紫陽花、それから伯母さんの顔と、新聞……？

思い出しただけで、不安で胸がいっぱいになる。

そこに迎えの車が来たので、二人の会話は強制的に終わりになった。

(ミスターバトラー、大変お世話になりました)

(こちらこそ、またお会いしましょう)

そんな社交辞令な挨拶を交わし、なんの約束も連絡先の交換もないまま、それが二人の別れとなった。

香子は手に握り締めたままのスマホを見た。

彼と別れた直後から、ずっとスマホを気にしている自分がいる。彼が、自分の電話番号を突き止めて連絡してくるのを、心のどこかで期待しているのだ。

——馬鹿みたい。何も説明せずに逃げたのは私なのに……。

どこか寂しい気持ちのまま、香子は自宅の方に目をやった。

ここ数年で古い家が軒並み取り壊された街区は、多くの新築住宅が立ち並び、沢山の家族連れが入居している。

家の灯りとかすかに聞こえる子供の声。それらを目に、耳にしながら自宅までの路を歩いていると、いつものことだが気持ちが自然に沈んでくる。

誰も待つ者がいない家。しかもそれは元々、香子を嫌い抜いて死んだ伯母の家なのだ。

あの家で暮らすようになっておよそ十五年になるが、伯母の心情を思うといつも心苦しくなる。なので伯母の大切にしていたもの——彼女が使っていた部屋などは、今でも昔のまま残している。

昔、菫が再々家に来てくれていた頃はよかった。菫と一緒に台所に立ち、帰宅した兄と三人揃って食卓を囲んだ。施設育ちの香子には夢みたいに幸福な記憶だ。

でも、もうあの頃には帰れない。兄は海外から戻らず、菫は別の人と家庭を持った。一度切れた鎖は、二度と元には戻らないのだ。——

その時、うっすら見えてきた自宅前道路に、見慣れない車が並んでいるのに気がついた。

大型セダンとワゴン車が三台、それが列をなして狭い通路を占拠している。

——え？　なんでうちの前に……？

「お母様！」

聞き覚えのある声にぎょっとした時、先頭のセダンのドアが開いて、背の高い男が現れた。彼はすぐに車に向き直ると、中から子供を抱き上げて振り返る。

啞然とする香子の前で、セオを抱いたバトラーが優しく微笑んだ。

「おかえり、香子」


「滞在中、ここでお世話になろうと思って」

数分後、秋月家のリビングで向き合う香子に、バトラーは悪びれもせずに切り出した。

香子はただ啞然としていた。彼の背後にあるのは昭和感の残る障子と古い板張りの天井。今でもまだ信じられない。この空間にバトラーがいるなんて。

彼は丸首のシャツに濃紺のジャケット、カーキ色のパンツというラフな姿だった。

彼の膝にはセオがちょこんと乗っかり、目をきらきらさせて香子を見上げている。

そのセオの髪を撫でながら、優しい口調でバトラーは続けた。

「実は、もうホテルを引き払って、不要な荷物は全て本国へ送り返してしまったんだ」

「はっ？」

「京都旅行もキャンセルして、滞在日の最後までここで過ごすことにした。僕らの約束を実行するにはそれがベストな選択だと思ったんだが……だめかな？」

いや、だめかなって、そんな甘い目で見つめられても――。

「僕たち、家族になる練習をするんですよね？」

セオが無邪気な目で、香子の顔を覗き込んだ。

「お父様に聞きました。お母様の記憶が戻るまで、三人で一緒に暮らすんですよね？」

香子は驚いてバトラーを見たが、彼は全く動じずに微笑んでセオの髪を撫でている。

「本当はそうしたいが、お父様もお母様もそれぞれの国でお仕事があるからね。日本にいる間に、お母様がセオを思い出せなくても駄々をこねるんじゃないぞ」

「はい、お父様！」

いや、そんな風に二人で話を完結されても、私の気持ちはどうなるの？

その前にうちの住所をどこで調べた？

ていうか、この家で一緒に暮らすなんてあり得ない。無理無理無理、絶対無理。

「――あの、ウィル、」

「ああそうだ。外の車に、布団、食器、着替え、アメニティを用意してあるんだ。ここに運ばせてもらって構わないかな」

「……や、そのことなんですけど」

「五時からずっと車を停めているからね。実は一度、お隣さんからご注意を受けたんだ」

さすがに顔色を変えた香子は、急いで窓の外に目を向けた。列になった車のヘッドライトが、今もリビングの障子越しに見えている。

「お父様、僕もう、眠たいです」

と、突然セオが、甘えたように背後の父親にもたれかかった。

「だめだよ、セオ。その前にお風呂に入って歯を磨かないと」

「……お父様、おしっこ」

それには香子が慌てて立ち上がっていた。

「セ、セオ、おトイレはこっちだから。大丈夫？　我慢できる？」

いや、もうこれ、本当にどうしたらいいの？


——つ、疲れた……。

湯船に浸かった香子は、ぐったりと浴槽のへりに頭を預けた。

あれからセオをトイレに連れて行って、大慌てでお風呂を沸かしている間に、なし崩しに布団や着替えを家に運び込む流れになった。

荷物の搬入を指揮していた昊然は、「私はこの近くに宿を取っているので」と言い置いて去ってしまった。昊然まで一緒に泊まると言われたらどうしようと思っていたが、この近くに宿などあっただろうか?

二人の荷物は——かなりの量があったので、二階の空き部屋に運ぶことにした。

そこは、元々伯母が寝室として使っていた部屋で、もう何年も足を踏み入れていない。気乗りしなかったが、荷物を置けそうな場所はここしかなく、香子は仕方なく彼らのために部屋を開けることにした。

運び込まれたのは大小のスーツケースと、鍵つきの化粧箱が三つ。いずれもかなりの重さがある代物だ。

眠いとむずかったセオは、トイレに行って目が覚めたのか、再び元気いっぱいになった。

(お母様、セオにもお手伝いさせてください、何をしたらよいですか?)

そんな可愛らしいことを言われたら、さすがに胸がキュンとする。あまり役に立たないが、一生懸命手伝おうとする姿を見ると、否応なしに愛おしさが込み上げる。

風呂には、そんなセオとバトラーが二人で入った。香子が新しいバスタオルを用意して脱衣室に入ると、二人の楽しそうな笑い声が聞こえてきた。

(爸爸《バーバ》、好痒啊《ハオヤンアー》)

（セオ、不要劫《ブーイヤオジエ》）

中国語で、くすぐったいとセオが訴え、バトラーが動くなと言っている。多分、身体を洗ってやっているのだろう。

仲睦まじい親子の会話が微笑ましい。思わず声をかけようとした香子だが、磨りガラスにぼんやりと映る肌の色にドキッとして、逃げるように脱衣場を後にした。

ずっと考えないようにしていたが、昨夜はバトラーと一夜を過ごした。どれだけ他人のような顔で接しても、共有されたその事実だけは、香子一人の夢にはできないのだ。

今、バトラーとセオは、一階の和室に二つ並べた布団で眠っている。

風呂に入る直前にその和室の前を通ると、子供向けの本を読む彼の声が聞こえてきた。中国の童話らしく内容は分からないが、とても優しい声音だった。

日本語より軽くて、耳に心地いい洒脱なリズム。まるで上質の音楽を聴いているような気持ちになる。毎晩その声を聞けるセオが少しだけ羨ましい。――

香子は湯をすくい上げて顔を洗った。

――そういえば、私の前だと日本語だけど、二人の時は中国語なんだな……。

というより、五歳でトリリンガルって、普通に考えたら凄すぎる。振る舞いは年相応に幼いけど、実はセオって相当頭のいい子じゃないだろうか。

湯船の中で、ふと香子は眉を寄せた。

でも、それほど頭のいい子が、あの年まで父親の嘘に欺《だま》されているものだろうか。子供だって、違和感を察知する能力はある。たとえば何気ない誰かの言葉だったり、絶対にあるはずのものがなかったり、逆にないものがあったり。

そんな些細なことが積み重なって、自分を取り巻く嘘の正体に気づくのだ。

「………」

数秒、自分の過去に囚われた香子は、急いで首を横に振って立ち上がった。

――とにかく明日、ウィルと話をしなくっちゃ。今夜はともかく、来週末まで一緒に暮らすなんて絶対に無理だ。

湯船から出て身体を洗い流そうとした途端、ふっと目の前が暗くなった。

数秒の空白の後、尾てい骨の痛みで我に返った香子は、自分に何が起きたのか理解した。貧血だ。倒れた弾みで落ちたのか、床にシャワーノズルが転がっている。

「――香子？」

バトラーの声と共に、扉を叩く音がした。重たい頭を無理に上げると、白っぽい人影が磨りガラスの向こうに立っている。

「ごめん、音がしたんで心配になったんだ。問題ないなら、そう言ってくれないか」

問題はあるけど、今、入ってこられるのだけは絶対に嫌だ。が、再び頭から血の気が引いて、香子はへなっと床に突っ伏した。その直後、勢いよく折れ戸が開かれる。

「──香子！」

ああ……もう、ほんっとうに最悪。……

「気分はどう？」

囁くようなバトラーの声に、目を閉じていた香子は、どこか気まずく薄目を開けた。

「……もう、大丈夫です」

常夜灯に淡く照らされた和室の布団で、香子は仰向けになっていた。

隣の布団では、セオがすやすやと可愛らしい寝息を立て、セオを挟んだ向こう側では、バトラーが片腕を枕にして香子を見つめている。

一体どうしてこんなことになったのだろう。

浴室で意識を失って、目が覚めた時にはここに寝かされていた。ショーツだけは穿いていたが、ブラはなく、素肌に直接寝巻き代わりのスウェットを着させられている。

それを誰がどうやって着せてくれたのかと思うと、──その時セオが起きていたんじゃないかと思うと──想像しただけで恥ずかしさに全身が熱くなった。

（──香子、香子、大丈夫か！）

意識を失う刹那に聞いた、不安そうな彼の声がまだ耳に残っている。その声が、先日夢で聞いた兄の声を連想させ、ひどく後ろめたい気持ちになった。

「貧血には、よくなるの？」

不意にバトラーに問われ、香子はびくっと肩を震わせた。二人の間にはセオがいるが、それが余計になんとも言えない気まずさを増幅させる。

だったら二階の自室に行けばいいのだが、間違いなくバトラーが追いかけてきそうで、その方がむしろ香子には不安だった。

「薬は飲んでいるのかな。もし、外でこんな風になったら」

「――、飲んでます。……あの、セオ君起きちゃいますから」

「セオなら、今夜は遅い時間まで起きていたから、少々のことじゃ目を覚まさないよ。心配なんだ、研修センターでは突然パニックを起こして動けなくなるし、今は」

「だったら余計、静かに寝かせてあげましょうよ。話なら、明日ちゃんと聞きますから」

むっとバトラーが黙りこむ。少し気が咎めたが、香子は彼に背を向けて目をつむった。とりあえず寝たふりをして、彼が眠ったら二階に行こう。

不意に背後で衣擦れの音がした。びっくりして振り返った途端、大きな影に覆われる。バトラーがセオと香子の間に割り込んできたのだ。――というより、香子の隣に身体を横たえたと言う方が正しい。

「ちょっ、ゥ、ウィル」

「しっ」

彼は囁き、なおも声を上げようとした香子の唇を、温かな指でそっと押さえた。

薄闇の中で互いの目が合い、そのまま大きな胸に閉じ込められる。

優しい甘さを含んだ爽やかな匂いが、香子を温かく包み込んだ。

互いの衣服を通して感じる厚い胸板と足の筋肉。今日一日、ずっとこの腕に抱かれたかったんだと、今さらのように思い知らされる。

「今朝は、ごめん」

彼が耳元で囁いた。

「もう少し冷静になって君の気持ちを考えるべきだった。君は君でメイユィじゃない。それじゃ、だめかい？」

それじゃだめかいって、どういう意味で言ってるんだろう。今朝はあれだけ無神経だったくせに、逃げ出した私の気持ちを分かっているような風なのにも腹が立つ。

でも、来てくれた。——今日一日、私が心の中でずっと期待していたことを、彼は全部叶えてくれたのだ。……

おずおずと背中に両手を回すと、すぐに唇が重なって、口の中に温かな舌が入ってきた。

甘くて情熱的なキスに、酔った時のように頭の芯がクラクラしてくる。漏れそうな声を懸命に堪え、香子は彼のキスにぎこちなく——けれど最後は、同じくらい熱っぽく応えた。

「……、こ、これ以上は、だめ」

耐えられなくなって、先に唇を離したのは香子だった。彼も気持ちは同じなのか、未練のように香子の唇を啄んでから、そっと頭を抱いて自分の胸に引き寄せる。

彼の心臓から速い鼓動の音がした。香子の鼓動もそれ以上に速くなっている。

「……今日は二度、心臓が止まりそうになった」

彼は香子の髪に顔を埋め、どこか苦しそうな声で囁いた。

「頼むから、悪いところがあるならちゃんと治療を受けてくれ。僕のいないところで、君が倒れたり苦しんだりするのかと思うと、たまらないよ」

まるで何かの種が胸に落ち、そこで柔らかく芽吹いたように、その時香子は思っていた。

――いいか、このまま流されても。

誰かに愛され、宝物のように大切にされる。人生で一度くらい、そんな日々を経験してみても。

たとえその先に待っているのが別れでも――一度も経験しない人生より、何倍もマシのような気がするから。

「……き、近所には、遠い親戚だって説明してもいいですか」

香子がぎこちなく言うと、バトラーが少し身じろぐのが分かった。

「後から悪い噂がたっても困るので。それでよければ……ここにいても大丈夫です」

「――、もちろんだよ」

香子を見つめた彼は、少し声を震わせて微笑み、自分の額を香子のそれに押し当てた。

「……ありがとう。ごめん、本当は君が断りたがっているのは分かっていたんだ」

気が抜けたように苦笑した香子だが、ふとあることを思い出して眉を上げた。

「——ウィル、もうひとつ、私に謝らないといけないことがあるんじゃないですか」

彼の腕の中で身体の向きを変えた香子は、髪をかき分けて自分のうなじを露わにした。

もう痕は消えているかもしれないが、つけた本人なら何が言いたいか分かるはずだ。

「これ、気づいてませんでした？」

「……ん……まぁ、……どうかな」

否定とも肯定ともつかない歯切れの悪い返事に、少しだけむっとして、

「スカーフで隠しましたけど、色々疑われて大変だったんです。宮迫専務だって——」

そういえば、宮迫は大丈夫だったのだろうか。もちろんわざとやったわけではないだろうが、結果的に怪我をさせたことは、バトラーも気にしているかもしれない。

それを聞こうとした時、不意にうなじに唇が押し当てられた。驚いて声を上げようとした刹那、前に回り込んだ彼の手が香子の口を優しく塞ぐ。

「……っ」

熱い吐息がうなじに触れる。彼はそこに何度も唇を当て、軽く歯を当てて甘噛みした。

「だ……、だめ」

言葉とは裏腹に、目の前に薄い膜がかかったようになり、胸が甘く疼き出す。口を塞がれているせいで呼吸がしづらく、そのせいか身体がみるみる熱くなった。

「……君は、僕の忍耐に無関心すぎる」

耳元で彼の低い声がした。

「そんな場所を見せられたら、どうしたって、昨夜の君を思い出してしまうよ」

彼の手がスウェットの下に滑り込み、腹を撫で上げて乳房の丸みにたどり着く。

「っ、ぁ……」

温かな指で乳首の先端を擦られて、香子は甘い息を鼻から漏らした。

うなじに熱っぽいキスが繰り返される。息づかいは荒いのに、そのくせソフトな指遣いで乳首を巧みに弄り立ててくる。

甘い電流にも似た心地よさが胸から全身に広がって、香子は足の指に力を込めた。彼の唇は、今は首を離れて耳に移り、耳殻を甘噛みして舐めている。

「ん……ゥ、ウィル……」

耐えきれずに漏らした声は、唇を割って入ってきた指で遮られた。

彼の人差し指と中指が香子の口に入り込み、舌腹や舌裏をヌルヌルと撫で回す。

自分の口の中に甘ったるい唾液が溢れるのを感じながら、香子は彼の太い指をぎこちなく舐め、しゃぶるように吸った。

と、彼のもう片方の手が乳房を離れ、みぞおちを辿って臍の方にまで下りてくる。痺れるような官能の予感に、香子は閉じた睫を震わせた。触って欲しくて仕方ない場所は、さっきからずっと疼いて、はしたなく内腿をぬるつかせている。

「……香子、場所を変えよう」

が、そこで指を止めた彼は、掠れた声で囁いた。その言葉で息を止めた香子の耳に、セオのたてる健やかな寝息が聞こえてくる。

かぁっと耳が熱くなった。子供の前でこんな真似をしている自分が信じられないし、恥ずかしい。というか、めちゃくちゃ情けない。

でも、それは自分一人じゃない。この背徳感とそれでも抑えられない情動を、深い場所で共有している相手がいる。……

二人は足音をしのばせて和室を出ると、手をつないだままで階段を上がった。その間中、ずっと熱に浮かされているような感覚だった。

香子の部屋に入って扉を閉めると、二人は待ちかねたように唇を重ね合わせた。

いきなり深い場所に入ってくるような激しいキスに、香子は息もできなくなった。舌が絡んでもつれ合い、彼の唾液が喉の奥を流れていく。

獣のように荒々しい吐息。唇の熱さと、官能的な舌の動き。みるみる胸が熱くなり、もう立っていることもできなくなる。

「香子……」

彼は力をなくした香子を抱き支えると、入ってすぐの場所にあるシングルベッドにゆっくりと抱き倒した。屈み込んで唇をついばむ彼の下腹辺りに、硬い異物の感触がある。まだ互いに衣服をまとったままだが、腿に擦りつけられるその熱い塊は、ますます香子を昂らせた。

昨夜と違い、彼には最初から余裕がなかった。目は暗い影を帯びて潤み、言葉の代わりに、あらゆる場所に噛みつくような口づけを刻んでいく。

上着を脱いだ彼が、香子のスウェットを頭から脱がせてくれた時、すぐにでも挿入されるのかと思わず身構えてしまったが、彼はそうはしなかった。むしろ落ち着きを取り戻した唇が、喉や鎖骨、胸の丸みに、優しい音を立てて落とされる。

同時に、大きな手で愛おしむように胸を押し揉まれて、香子は甘い吐息を漏らした。和室で愛撫された余韻は、まだ身体の奥に残っていて、少し触れられただけでとろけだしそうに疼いている。

「……すごく、柔らかい」

彼は囁き、指の間に挟んだ乳首を優しい力で押し潰した。

「っぁ……」

「桃の蕾みたいに、可愛い乳首だ」

そして彼は、もう片方の乳首にそっと舌先を当てる。

「ぁ……ん」

舌先で転がされた後は、口に含まれてチュクチュクと甘吸いされる。敏感な尖りが粘膜に包まれて嬲られる感触に、香子はたまらず腰を浮かせた。

ずっと指で弄られているもう片方の乳首も、もの欲しそうに愛らしい首をもたげ、ひくひくと震えている。

彼はそちらにも舌を這わせると、たっぷりと舐めてから、口に含んで舌で転がした。

じれったいほど長い胸への愛撫に、香子の全身は薄赤く染まり、悩ましく寄せた眉間に深い皺が寄っている。

なのに彼は、まだ愛撫をやめようとせず、香子の背面に回り込んで、両手で乳房を包み込んだ。摘まんだ乳首をクリクリと捻り、爪で弾いたり、指腹で擦り立てたりする。

「ぁ……っ、ぅ、……ン」

香子は自分の手で口を押さえ、零れそうな声を必死に堪えた。

彼はそんな香子の耳を甘噛みし、耳朶に舌を這わせながら、優しいタッチで両乳首を愛撫する。まるで、そこが香子の気持ちいい場所だと、身体に教え込ませるかのようだった。

「ぁ、ン、ん……ぁ……ぁ」

もう口を押さえることも忘れ、香子は首を振りたくるようにして、肉体を冒していく快感に抗った。

すでに肌はうっすらと浮いた汗で濡れ光り、腹は波打つようにへこんだりふくらんだりを繰り返している。

気がつけば、彼の片手がスウェットのズボンの中に滑り込んでいた。温かな指はショーツをそっと持ち上げて、とろけるほど濡れて熱くなった場所に、ぬるりと沈み込んでいく。

「あ……は」

痺れるような気持ちよさに、思わずおとがいを上げてのけぞると、上から彼の唇が被さってきた。喘ぐ口中に濡れた舌が入り込み、互いの舌腹を擦り合わせるように這い回る。

「ン、ぁ……はぁ……」

くぐもった喘ぎが、たまらず喉の奥から溢れた。

待ちかねた場所を、彼の指が優しく割り開いてかきまぜている。クチュクチュと卑猥な音を立てて、縦筋で指を遊ばせながら、片方の乳首を口に含んで甘吸いし、時折優しく歯を当てる。

閉じた目の奥がちかちかした。腰の奥に甘ったるい気泡が膨らみ、次々と弾け散る。

「——っ、ぁ……ンぅ……んっ、ぁ」

胸が締めつけられるような快感の高みで、香子はびくっびくっと腰を波打たせた。彼の指をのみ込んだ膣がきゅうっと締まり、とろりとした蜜が会陰を濡らして滴り落ちる。

ぐったりとなった香子を仰向けにすると、彼は身体の位置をずらし、香子を下方から見上げる形で被さってきた。

彼は、香子のスウェットごとショーツをめくり下げながら、唇を下乳の膨らみに当てた。甘やかで優しいキスが、みぞおちや腹にも落とされる。足からズボンとショーツが取り払われ、ベッドの下に音もなく落ちる。

彼の唇が、臍の下にまで下りてくる。本能的な羞恥から、身じろいで腰を引こうとした香子だが、その前に唇は恥骨に行き着き、チュッチュッと淡いキスを繰り返した後、下生えの際にそっと触れた。

「……っ、ウ、ウィル」

「しっ」

たしなめるように囁かれ、香子は言葉をのみこんだ。嘘でしょう？　と思った。いくら暗いとはいえ、あんな場所に顔を近づけるなんて。それだけじゃなく、唇が——

「あ、——」

彼の唇が濡れた下生えを掠め、舌先が割れ目をそっと舐め上げた。

「っ……」

驚きと恥ずかしさで、香子は腰を跳ねさせる。が、その腰を優しく押さえ込むと、彼はもう一度舌を滑らせてくる。

今度はもっと深いところに舌のぬるついた弾力を感じ、香子は目を虚ろに瞬かせた。

「ぁ……、や、……だ、だめ……、ゃ……」

信じられない場所に熱い舌が潜り込み、ぬるぬると上下している。抵抗したくても身体は弛緩したように動かない。弾力を帯びた舌で舐められる粘膜が甘く痺れて、その気持ちよさに頭がみるみる白くけぶっていく。

「あぅ……、ゃ、ウィル……いやぁ……」

ぬめぬめとした舌は、やがてしゃぶるような音を立ててあわいの深淵にまで入り込んでくる。小さな膣穴に舌先をねじこんで、チュプチュプと緩い抽送を繰り返す。

「んぅぅ……っ」

めくるめく快感と気が狂いそうなほどの羞恥。その両方が頭の中で暴風雨のように荒れ狂い、香子を忘我の境地に追いやっていくようだった。

臍に彼の前髪が触れている。今、彼の唇はぴったりと肉の合わせ目に被さって、とめどなく溢れる蜜を音を立てて吸い上げている。舌を淫らに蠢かせ、甘ったるく疼く場所をクリクリと舐めて押し潰し、チュッと甘く吸い上げる。

「あぅ、……っ、んンぅ……っ」

汗ばんだ尻を浮かせ、香子は声もなく甘苦しい到達を迎えた。全身が火のように熱く、胸が千切れそうなほど痛かった。

ぐったりとした身体がベッドに沈むと、顔を上げた彼が自分のズボンに手をかける。

裸になった彼が、パジャマから取り出した避妊具を装着しているのが気配で分かった。

闇に慣れた香子の目にも、隆起した肉茎の形がぼんやりと見える。

それは腿の間で堂々と勃起し、引き締まった腹に付きそうなほど反りかえっていた。

思わずこくりと喉が鳴った。昨日は見る余裕さえなかったが、こんなに大きくて猛々しいものが、あの時自分の中に入っていたのだ。

「……香子」

囁いた彼の声は、欲情で掠れていた。

彼の手が香子の腿を撫で、下半身が足の間に入り込む。片足を優しく抱え上げられて、硬い肉茎の先端で濡れたあわいの表面をぬるぬると擦られる。

重なり合った花びらは、その圧を柔らかく受け入れて、彼のものをすんなりと花筒にまでのみ込んだ。

「……ぁ……」

脳髄がとろけるような気持ちよさに、香子は両方の腿を震わせた。

閉じていた場所をゆっくりと開かされていく心地よさ。身も心も、好きな人で満たされていく切ない幸福。

「……っ、はっ」

熱い吐息をこぼした彼が、屈み込んで香子の唇をついばみ、腰をゆっくりと動かし始める。——その時だった。

「爸爸、尿尿《バーバ、ニイアオニイアオ》」

「——！」

扉の外から聞こえたか細い声に、二人は我に返ったように身体を離した。

下腹部を満たしていた熱があっという間に消えて、彼がわたわたと身を起こす。

「セオ？」

「……爸爸、爸爸、尿尿」

声は階段の下から聞こえてくる。パパ、おしっこと訴えているのだ。

慌てたのはもちろん香子も同じで、闇の中で手探りに衣服を拾い上げ、大急ぎで身につける。それより早く身支度を終えたバトラーが、

「セオ、再努力一点《ザイヌーリーイーディエン》！」

もうちょっとがんばれ——そう言って、さっと香子を振り返った。

「ごめん」

扉が閉まって一人になった後、香子はふっと気が抜けたように仰向けに倒れ、声を上げて笑った。

今まで生きてきて、こんなみっともない経験をしたのは初めてだ。

さっきのウィルのあの姿――彼に憧れている全ての女の子に見せてあげたい。

想像したこともなかったけど、子供がいる夫婦ってこんな感じなんだな。

自分でも不思議なくらい、明日からの生活が楽しみになっていた。

◇

『ウィリアム・リー・バトラーは、三年ほど前にサイバーセキュリティ関係の企業を買収し、その売却益で一躍富豪になった人物ですね』

耳に着けたイヤフォンに、ボイスチャットを通じた男の声が低く響いた。

『その後、投資ファンドで資産を増やし、昨年、投資先であるSD社のCEOに就任しました。現在バトラーは同社株の約五割を取得しており、ほぼ単独で行使できる議決権を持っているようです』

「……驚いたな」

浦島は、素直に感嘆の声を上げた。

静まり返った住宅街に、車のボンネットを叩く雨の音だけが響いている。

このボイスチャットは、浦島が警官だった時に連絡手段として使っていたものだ。海外のサーバを経由したもので、二十四時間で履歴は完全に抹消される。

「ウィリアム・リー・バトラーについて何か知っていることはないか。——その質問をしてから十秒も経っていない。さすがは現役の公安警察官だ。お見事だよ」

とはいえ、その程度のことなら浦島も知っている。というより、今の情報が公に得ることのできるバトラーの経歴の全てだ。

『……その人物が何か？』

イヤフォンから、こちらの思惑を探るような用心深い声がした。

『突然、先輩から連絡があったので驚きました。まさか、香子に何かあったんじゃ』

「何もないよ。ただ、うちの会社に深く関わっている人物でね。そう言う意味では妹さんも無関係じゃない。——で、何故バトラーの調査を公安が？」

有能故に、早く答えすぎるというミスを犯した後輩は、少しの間無言になった。

『ここだけの話にしてください。実は一時期、うちがマークしていたことがありました』

うちというのはチャットの相手が所属する外事第四係、対中国防諜担当だ。

「知らなかった。俺が退職してからの話か」

『はい、正確には〈天雷《てんらい》〉が解散した後の話です。——元幹部から得た情報で、バトラーの亡くなった義父——ジョン・バトラーが、天雷を介した武器の密売人だったことが分かりました。それで、息子の金の流れを徹底的に洗ったんです』

やっぱり天雷が出てきたか。知らず浦島は手にした煙草を握り締めている。

「……で、結果は？」

『オールクリーン。そもそもジョンは二十年前に亡くなっているので、念のための調査でした。息子が公の場に殆ど姿を出さないのも、ジョンの過去が原因だと思います』

天雷絡みの身内がいるなら、そこまで用心するのも無理はない。

天雷は、血の継承を絶対とするチャイニーズマフィアだ。

清王朝の頃に発祥し、麻薬や武器の密売、賭博、人身売買、マネーロンダリング、——そして要人暗殺を主な資金源にしていた。

どんな要人でも確実に殺害することから、最強の暗殺者集団として、黒社会《ヘイシエアフウイ》で最も恐れられていたのが天雷だ。ただし今から五年前、ある事件を機に解散している。

「さっき義父と言ったが、二人は、どういう経緯で親子になったんだ？」

『ジョンが、当時三歳だったバトラーを養子にしたこと以外分かりません。ちなみにジョンはアメリカ人なので、バトラーが中国系アメリカ人を自称している以上、本人は中国生まれとみていいでしょう』

「……そのバトラーの、今の家族は？」

『養子縁組した子が一人。セオドア・シー・バトラー。母親は戸籍上存在しません』

つまり、母親とは未入籍。生死はもちろん、子供が実子かどうかも分からないということか——なるほど。

『……何か、気になることでもありますか？』

滅多に感情を露わにしない男の声に、不安の揺らぎが感じられた。

『退官前、先輩は天雷の下部組織に潜入していた。……バトラーについて、何かご存じのことがあるんですか』

「今、その頃の記憶を呼び戻しているところだよ」

浦島は苦笑して、暗い目をフロントガラスの向こうに向けた。

すっかり見慣れた古い木造住宅から最後の灯りが消えて、もう一時間以上が経つ。

（……確か船の事故で）

（奥様だけじゃなく大勢が亡くなられたような……そんな事故だとお聞きしましたけど）

近くにいれば、いずれ網にかかると思っていたが、まさかあんな大胆な形で近づいてくるとは思ってもみなかった。

あの言葉がなければ、危うく見過ごしてしまったかもしれない。

ただ、まだ確実じゃない。ウィリアム・リー・バトラーの経歴は、今のところ完璧だ。

「なのでお前も協力してくれ。――奴の経歴について、もう少し詳細な情報が知りたい。あの時の借りを返してくれるだろう？　龍平」

第三章　週末だけの疑似家族

寒い……。

(――香子……香子!)

遠くで誰かが呼んでいる。すごく、すごく遠いところから。

暗くて、寒くて、何も見えない。まるで水の底から地上の声を聞いているみたいに、声だけがひどく遠くから聞こえてくる。

(なんで香子に話したんだ、誰がそんな勝手な真似をしろと言った)

(龍平、聞いて、香子ちゃんはもう大人なのよ)

お兄ちゃんと董さん……?

(冗談じゃないわ、なんで私があの子を引き取らないといけないの?)

伯母さん――。

雨の音、散らばる新聞の切り抜き、泥の中に倒れている紫陽花。

青い空、一面の緑、舞い上がる白い花びら。

逆光でシルエットになった誰かの笑顔。

ぼんやりと滲んだオレンジ色――夢の終わり際のいつもの色だけど、何かが違う。

大きな手がそのオレンジ色に重なって、それがゆっくりと離れていく。

え？　何？　これはなんの夢なの？　――


「――お母様！」

どすんっと身体に何かが乗っかる感覚で、うっとうめいた香子は目を開けた。

眩しいほどの明るい日差し。部屋中に、スパイシーで甘い香りが立ち込めている。

「お母様、朝です、ご飯の時間ですよ」

――え……？

数秒、今見ているものが夢か現実か分からなかった。くりっとしたつぶらな瞳、心地よい重みと、日なたのような子供の匂い。

声も出ないほど近くにあったセオの笑顔が、不意に上方に遠ざかる。

「セオ、そんな乱暴な起こし方があるか。お母様は女の人なんだぞ」

バトラーだった。香子の上に乗っかったセオを軽々と抱き上げた彼は、微笑して窓のカーテンを開けた。

「香子、下りて朝食を食べてくれ。今日はいい天気だから、食事の後は散歩に行こう」

二人ともとっくに着替えて、白シャツとデニム姿のバトラーはエプロンまで着けている。

整髪料をつけていない髪はさらりと額で流れ、その下から涼しげな双眸がのぞいている。

その目が、少し不思議そうに細められた。

「……香子？」

「あ、はい、ごめんなさい、すぐに着替えます！」

そうだった。あまりに現実味がないから一瞬異世界にでも飛ばされたかと思ったが、今日からこの家には二人の同居人がいるのだ。

昨夜はあのまま泥に沈むように眠ってしまった。それは間違いなくバトラーのせいなのだが、もてなす側の立場で寝坊したことの言い訳にはならない。

香子は急いで着替えると、洗顔をしてからダイニングに足を踏み入れた。

四人掛けのダイニングテーブルでは、すでにバトラーとセオが向かい合って座り、香子が席に着くのを待っている。

(冗談じゃないわ、なんで私があの子を引き取らないといけないの？)

何故かその刹那、今朝方見た夢の断片が頭をよぎり、思わずその場に立ちすくんでいた。

意味が分からない場面の連続だったが、あのセリフを耳にした状況だけははっきりと覚えている。あれだけは紛れもない現実だ。

ということは他の場面も、全部現実に起きたこと……？

香子は急いで首を横に振った。いや、夢は夢、そして本当の現実は目の前にあって待ったなしだ。

「お母様、僕の隣に座ってください」

セオに腕を引っ張られるようにして、香子は食事の席についた。

食卓には庭から摘んできたレンゲツツジが飾られていた。美しく彩色された中国皿では、細長い揚げパンと、辣油《ラーユ》が浮いた白いスープが温かな湯気を立てている。

大皿の周囲には、搾菜《ザーサイ》や桜海老、パクチーなどを盛り付けた小鉢。

中国の朝ご飯だと一目で分かった。豆漿《ドウジヤン》と油条《ヨウティアオ》。豆乳を煮詰めたスープと揚げパンだ。忘れたけど、どこかで同じものを食べた記憶がある。

「いただきます」

バトラーとセオに倣って香子も手を合わせたが、何年もしたことのない所作をすることへの恥ずかしさがすごかった。

揚げたてのパンは表面はカリッと香ばしく、一口かじると舌の上で優しい味が広がった。豆乳スープもスパイシーでほのかに甘く、添えられた香菜の匂いが食欲をそそる。

「美味しいでしょ？　お母様」

目を輝かせるセオは、まるでそれが自分の手柄のように誇らしげだった。

「お父様は料理が上手で、お休みの日は、僕に色んなものを作ってくれるんです」

「よければ、ここにいる間は僕に食事を作らせてくれないか」

バトラーが、空になったセオの皿を取り上げながら後を継いだ。

「セオはナッツにアレルギーがあって、食事には注意が必要なんだ。それと君は、もう少し鉄分を取った方がいい。——セオ、お代わりはどれくらい？」

「たくさん！」

そのセオ以上に、たくさんお代わりをしたのは香子かもしれない。

美味しい食事と、鳥のさえずりのようなセオのおしゃべり。バトラーの温かくて優しい眼差し。開け放った窓から入ってくる爽やかな初夏の風。

不思議だった。いつも暗く沈んでいた部屋が別の場所のように輝いて見える。

食事の後はバトラーと二人で後片付けをしたが、キッチンもまた異世界と化していた。食材で溢れた冷蔵庫、香辛料の瓶が詰め込まれた棚、美しい食器と珍しい調理器具。

「呆れた。食器まで持って来ていたんですか」

「必需品だよ。食材はともかく、食器がいいと食事がより美味しく思えるからね」

出ていく時これをどうするつもりなんだろうと思ったが、口に出すのはやめておいた。

そのことを考えると、早くも辛くなりそうだったからだ。

ダイニングでは、セオが体育座りで、教育テレビのアニメを見ている。

「セオ、もう少しテレビから離れなさい。アニメは三十分までだぞ」

香子はくすりと笑っていた。バトラーは——最初から思っていたが、少し過保護のきらいがあるようだ。まるで宝物を扱うように、セオをとても大切にしている。

その後は部屋の掃除をして、三人で河川敷の公園まで散歩した。

初夏の緑が鮮やかな河川敷には、休日の午前中とあって家族連れが多かった。散歩する老夫婦、キャッチボールをする親子、ベビーカーを押す夫婦——その中を、セオを中心に手を繋いで歩く三人は、誰が見ても幸福な家族そのものだったろう。

「お父様、僕、あれがしたいです」

セオは大はしゃぎで、公園の全ての遊具を次から次へと渡り歩く。

二人はセオの後をついて回ったが、セオはすぐに年の近い子供たちと仲良くなり、やがて子供だけで遊ぶようになった。

他の保護者と同じように、二人は公園が見渡せるベンチでセオを見守ることにした。それでもバトラーはどこか不安げで、はらはらした目つきでセオを追っている。

「……心配しすぎじゃないですか」

「え？」

香子は苦笑して、それでもセオを目で追うバトラーの腕に手を置いた。

「大丈夫ですよ。大勢の大人が見てますし、セオは見かけよりしっかりしてますから」

「まだ五歳だよ」

今度は彼が苦笑し、逆に香子に言い聞かせるような口調になった。

「しっかりしているといってもしょせん子供だ。いくら心配してもしすぎることはない」

「でも五歳は、大人が思うほど子供じゃないですよ」

「君が知る五歳はそうかもしれないがセオは違う。一人じゃ何もできない甘えん坊だ」

「……それは、ウィルがそう思っているだけかもしれないですよ」

穏やかだった彼の表情が、少しだけ険しくなる。

彼が不快になるのを承知で反論を続けたのは、ずっと考えないようにしていたもやもやが——セオを欺していることへの罪悪感が、香子の中に残っていたせいかもしれない。

「子供って、大人が思うより周りに気を遣うものだから……。私も経験がありますけど、大人の嘘を全部分かって、欺されているふりをしているのかもしれませんし」

「……、君の経験って？」

今度は香子が、自分の表情を険しくさせる番だった。あまり触れてほしくない方向に話が向いてしまった。でも、振ったのは自分だから仕方ない。

「……私、五歳の時、父を亡くしているんです」

少し迷ってから、香子はうつむいて話し始めた。

警官だった父は、夜勤中にくも膜下出血で倒れ、一週間後に病院で亡くなった。当時、兄は高校生になったばかり。母は香子が一歳になる前に亡くなっていたため、当時の秋月家では、五歳の香子の面倒を見られる人がいなかった。

それで香子一人が、一時的に児童養護施設に預けられることになったのだ。一時的——最初は、本当にそう信じていた。

「実は葬儀の時には、兄一人が東京の伯母に引き取られることで話が決まっていたんです。薄々分かってましたけど、施設の人が毎日のように、いい子にしてたらお兄さんが迎えに来るよと言ってくれるんで、ずっと信じてるふりをしてました」

差し障りのないことだけを話したが、本当は、もっと残酷な事実も知っていた。

(冗談じゃないわ、なんで私があの子を引き取らないといけないの?)

葬儀の席で吐き捨てるように言っていた伯母、そして施設スタッフの立ち話。——それを口にしたくないのは、当時の心の傷がまだ感情の奥深いところに潜んでいるからだ。

「……多分、無意識に大人に迎合していたんです。困らせて、面倒な子だと思われたくなかったのかな」

バトラーは形のいい眉をかすかにひそめた。

「それは、少し残酷な嘘だね」

「……、私には、ウィルがセオにしていることも同じように思えますけど」

「隠し通せないことで嘘をつくのは残酷だ、でも僕のしていることは――」

そこで自分の言葉の矛盾に気づいたのか、彼は口を噤み、しばらくの間無言になった。

心地いい初夏の日差しの下、子供たちの明るい笑い声だけが、二人の緊張とは裏腹に聞こえてくる。

「すまないが、僕らのことは」

「すみません、言い過ぎました」

同時に口を開いた二人は、数秒目を見合わせてから苦笑した。

「ごめん、……でも、信じて欲しい。僕らには僕らの考えと信頼関係があるんだ」

「こっちこそ、よく知らないのに出過ぎたことを言ってごめんなさい」

どちらともなく手をつないで、ようやくほっとした気持ちになる。

馬鹿だな、私も。セオのことは気にしないでくれと、最初に彼に言われていたのに。

しょせん私は彼らの人生には関われない――たった数日、一緒にいるだけの存在なのに。

「お父様、お母様！」

セオがジャングルジムの上から手を振っている。微笑んで手を振り返したバトラーは、その笑いの余韻を唇に残したままでしばらく黙り、どこか寂しげに呟いた。

「……君が本当にメイユィで、僕とセオのことを思い出してくれたら、どんなにか幸福だろうと思うよ」

胸の奥底で静かに傷つく自分を感じながら、それでもかろうじて香子は口を開いた。

「メイユィさんは、セオと、どのくらい一緒にいたんですか」

「三ヶ月だ」

囁くようにそう言った彼の横顔があまりに辛そうで、香子は言葉が続かなくなった。

「でもその三ヶ月は、どんな年月にも勝っている。僕の人生の……宝物なんだ」


その日のランチは公園に来ていたキッチンカーのテイクアウトで済ませ、帰途に商店街で夕食の買い物をした。

正直、子供と一緒の買い物がこうも効率が悪いとは思わなかった。あっちに行ったりこっちに行ったり、同じところでずっと立ち止まってみたり。

香子が感心したのは、バトラーはそのどの場面でも一度も怒らず、セオの興味が尽きるまで辛抱強く付き合っていたということだ。

(僕らには僕らの考えと信頼関係があるんだ)

彼の言うとおりだな――と、そんな二人を見ながら、どこか寂しいような、それでいて安心したような気持ちで香子は思っていた。

セオのことを分かったつもりになっていた自分が恥ずかしい。セオが香子に見せる態度や表情は、多分彼の中のほんの一部だ。なのに、自分の小さな経験を引き合いに出して、バトラーに説教めいたことを言ってしまったのだから。

その夜は、バトラーの作った夕食を三人で食べた。

彼が吟味して買った魚介のオイルフォンデュ、茹でたジャガイモの上に溶かしたチーズをかけて食べるラクレット、焼いたソーセージとザワークラウト。全て子供でも食べられるような優しい味付けだ。

バトラーは本当に料理が上手で、何をするのも手際がよかった。もちろん香子も手伝ったのだが、普段惣菜ばかりで済ませていたことが災いして、結果として彼の足を引っ張るだけになってしまった。

「お母様、セオ、明日は昊然とお出かけしてきます！」

ちょこちょこっとセオが駆け寄ってきたのは、食後、一人で風呂掃除をしていた時だった。セオは香子のエプロンを握り締めて、鼻息も荒く宣言した。

「ん、どういうこと？」

「僕が昊然にお願いして、お父様もいいと言ってくれたんです。なのでお父様といっぱい仲良くしてくださいね」

それだけ言うと、セオは台所で食器を洗っているバトラーの方に駆けていった。

——……え？　どういう意味？

スポンジブラシを持ったまま、香子はその場で固まった。

いっぱい仲良くしてくださいね……？

バトラーと仲違いしているならともかく、なんでわざわざそんな言葉を？

もしかして昨日の夜？　セオが寝ている傍らで色々してしまったことがばれてるとか？

その後二人で二階に上がったことも、もちろんセオは知っているから……。

――うわああ、消えてなくなりたい！

動揺を手を動かすことで誤魔化したため、浴室はびっくりするくらいピカピカになった。必死に平静を装ってリビングに戻ると、バトラーはセオを膝に抱き、二人してタブレットを覗き込んでいる。

「じゃあ、お父様にはこれを買ってきてくれ。お母様へのお土産はセオに任せるよ」

多分、明日の「お出かけ」のことだろう。バトラーの表情は屈託がなく、香子はまたしても一人で空回りしたことを知った。

風呂には、昨夜と同じようにバトラーとセオが二人で入った。そして二つ並べた布団で、セオを挟んで三人で横になった。

その際、日本語の本を読んで欲しいとセオにせがまれたので、タブレットで読める絵本を購入して読んでやった。セオは、香子にくっつくようにして聞いていたが、最後のページをめくる頃には健やかな寝息を立てていた。

セオを挟んだもうひとつの布団では、バトラーも規則正しい寝息を立てている。早すぎる就寝に驚いた香子だが、今日の彼は家事に育児に八面六臂の活躍ぶりだった。きっと疲れてしまったのだろう。

起き上がった香子は、彼の肩に布団をかけ直し、電気を消してから元通りの場所で目を閉じた。そして明け方、甘い匂いが胸にまとわりついているのに気づいて目を覚ました。まだ室内は薄暗く、最初はそれがなんだか分からなかった。やがて闇に目が慣れると、セオが自分の胸にしがみついているのだと分かった。

最初に会った時と同じように、セオは香子の腰に両腕を回して抱きついて、甘えるように胸に顔を埋めていた。驚いて瞬きをする香子の視界に、バトラーの手が飛び込んでくる。彼はこちらに身体を向け、セオの頭に手を伸ばしたままで眠っていた。まるで髪を撫でている途中でそのまま眠りに落ちてしまったみたいに。――

室内に満ちた青白い暁闇、自分のものではない寝息と体温。窓の外からは静かな雨音が聞こえてくる。

どうしてだか不意に目の奥が潤んできて、香子は急いで瞼を閉じた。

『公安が、ウィリアム・リー・バトラーについて調べています』

明け方の庭に雨が静かに降り注いでいる。

縁台に腰掛けた陽衛は、スマホから響く昊然の声を聞きながら、どこかぼんやりとした気持ちで雨にけぶる青白い月を見上げた。

　昔から、いいことの後には必ず悪いことが起こる。つい数分前まで幸福な気持ちで香子とセオの寝顔を見ていたのに、そのまま眠りに落ちることは許されなかった。

　香子が再び眠りについたのを見計らって外に出たのは、昊然から連絡があったからだ。

「随分と早いね」

『浦島でしょう』

　打てば響くように昊然は答えた。

『私は言いました。こちらが正体に気づいた以上、あちらも気づいた可能性が高い。こうなった以上、一日も早く日本を離れるべきです』

　昊然の声は、まるで死刑宣告のように冷徹に耳に響いた。

『当面は李《リー》が上手く立ち回るはずですが、休日が終われば警察の動きも早くなる。月曜日が潮時です』

　陽衛の目の前では、萎れた紫陽花の葉が雨に打たれて揺れている。

　来た時から、その朽ちた一群が気になって、インターネットで手入れの方法を調べてみた。日本のジンクスだろうが、あまり庭に植えることを良しとしない植物らしい。

　水を吸い尽くす紫陽花は、恋愛運を吸い取って未婚女性を家に根付かせるという。

　セオと眠る香子の姿を思い出し、陽衛は様々な感情をのみ込んで目を細めた。

帰国が一週間先でも月曜でも、多分二人の結末は変わらない。

ウィリアム・リー・バトラーの経歴に、どれだけヒントをちりばめても無駄だった。

五年前の船の事故――記憶喪失――彼女はそこを一切掘り下げて考えないし、自分の過去の、一番辛かった部分を話そうとしない。

ようやく分かった。彼女は過去を思い出せないのではない、思い出したくないのだ。

香子《スーラ》死了。

あの男の言った通りだった。彼女は五年前に死に、今、新しい人生を歩んでいる。それを再び壊してしまう権利は、自分にはない。

「分かった」

陽衛は言った。

「ただ、飛行機は最終便にしてくれないか。これが最後なら、少しでも長く彼女と過ごしたいんだ」

『善処します』

それでも心のどこかで、あり得ない未来を夢見ている。

彼女がもう一度僕の名前を呼んで、僕と一緒に生きたいと言ってくれることを。――

◇

翌日——日曜日。朝食後ほどなくして、昊然がセオを迎えに来た。

「お父様、お母様、行ってきます！」

車の窓から手を振るセオに、

「セオ、昊然を困らすんじゃないぞ」

心配そうに大きな声を返すバトラー。香子は隣で引きつった笑いを浮かべていた。

多分、思いっきり近所の人に声を聞かれている。

とはいえ、公園や商店街などパブリックな場所を散々三人で歩いたから、とっくに噂になっているだろう。なにしろバトラーもセオも目立つし、やたらと愛想がいいからだ。

——ま、いいか。

近所付き合いは希薄だし、古くからこの辺りに住んでいる人もめっきり減った。朝早く家を出て夜帰宅する香子の存在など、知らない人の方が多い。

「あれ？」

郵便ポストを開けたバトラーが、不思議そうに中から数枚のチラシを取り出した。

「昨日は入っていなかったのに、夜の内に届いたのかな」

不審に思って覗き込むと、〈親子運動会参加のお知らせ〉と大きな文字が躍っている。

「っ、なんでもないです。ただのダイレクトメールですよ！」

香子は急いでチラシを奪い取り、手の中でくしゃっと丸めた。

すでにとんでもない噂が、町内で広まっているようだ。

「さて、ようやく二人きりだね」

丸めたチラシをポケットに突っ込んでいた香子は、びくっとしてバトラーを振り返った。

彼はからかうような微笑を浮かべ、腰に手を当てて香子を見下ろしている。

「二人になったらしてみたいことがあったんだ。なんだか分かる？」

――それは……分かっているような、分かっていても口に出せないような……。

「おいで」

香子は真っ赤になって目を泳がせた。一昨日の夜、香子の部屋で中途半端に終わった行為の余韻は、正直言えばずっと自分の中に残っている。

バトラーに至ってはあんな状況で中断されたのだから、もっと切実だっただろう。

本当のことを言えば昨夜も、彼が起きて、二階に誘ってくれることを期待していた。

でも今はまだ朝で、こんな明るい内からはさすがにちょっと気が引ける。

「香子？」

先に戻って玄関の扉を開けたバトラーが、訝しげに振り返る。

「あ、い、いえっ、はい、すぐ……行きます」

「少し休む？」

「……いえ、大丈夫です」

二時間後、二人は花や草木の生い茂る秋月家の庭にいた。

——てか、思わせぶりにもほどがない？

香子はまだ収まらない気持ちのままに、雑草の根にスコップを突き立てた。

彼のしたいこととは、何年も放置していた庭の手入れだった。

（花はどれも美しいのに、雑草で台無しになっている。根本的に手入れした方がいいよ）

その指摘が図星なだけに、反論の言葉は何もない。

二十歳でこの家を引き継いでから六年。家の中はまめに掃除する香子だが、庭については自然のままに任せていた。

が、いつか自然に枯れるだろうと思っていた植物は、年々勢いを増して花を咲かせ、雑草に関しては、一人でどうにかできる範囲をとうの昔に超えている。

とはいえ、香子はかなり抵抗した。

（いいです、そんなのやらなくて。いつか業者に頼むつもりでしたし、せっかくの休みがもったいないじゃないですか）

が、バトラーも譲らなかった。彼は昨日一人で商店街に赴いて、ガーデニングに必要なハンドスコップやシャベル、ガーデングローブなどを購入していたのである。

——暑……。

額からこぼれ落ちた汗を、香子はグローブを嵌めた指でそっと擦った。

まだ十時を過ぎたばかりだというのに、気温は完全に夏のそれだ。むせかえりそうな草と土の匂い、地面から立ち上る熱波にのまれそうになる。

バトラーは、園芸ハサミを片手に花がら摘みをやっていた。萎れた花を茎ごと切り取る作業で、彼が言うには、それを怠ると花株全体が病気になったり、枯れたりするらしい。

からかわれた不満も忘れてしまうほど、日差しの下で身体を動かす彼は魅力的だった。白の半袖シャツからのぞく男らしい腕、シャツを盛り上げる筋肉の隆起、デニムに包まれた腿はスマートで、それでいてがっちりとして逞しい。

——本当になんでもできる人なんだなぁ……。

見た目がよくて、家事も育児も完璧。その上、庭の手入れまでできるなんて、どこに欠点を見出せばいいんだろう。てか、こんな庶民的な人が本当に六千億企業のCEO？

「これはもう、株ごと間引いた方がいいかもしれないね」

その彼が不意に言った。彼の前には、もう何年も前から花を咲かせなくなった紫陽花の葉が密集して生い茂っている。

何故か香子は嫌な風にドキッとして、その理由が分からないままに立ち上がった。

「紫陽花なら、放っておいてもらって大丈夫です」

「でも、いくつかの株が完全に根腐れして病気になっている。それが養分を奪うから、まだ生きている花まで育たなくなっているんだ」

「――……間引いてしまうのはちょっと。とにかく庭のことは、兄が帰ってきた時に相談してみますので」

「海外に行っているお兄さん？　昨日は、いつ戻ってくるか分からないと言っていたね」

「電話してみます。この家は元々兄のものだし、いずれ兄に返すつもりでいますから」

「でも、もう枯れた花だよ」

「……それは」

その時、ぶーんと音がして蜂のようなものが鼻先を掠めた。香子がびっくりして後ずさると、すぐに彼が立ち上がり、脱いだキャップで追い払ってくれる。

「やっぱり少し休もう。冷たいお茶を持ってくるから座っていてくれ」


彼は、香子の手を引いて草花の茂みから離れると、開け放っていたリビングの掃き出し窓から室内に入っていった。

香子は窓辺に腰掛けた。キャップを取って首に巻いたタオルを外すと、途端に涼しい風が吹いてくる。

――気持ちいい……。

ぼんやりと空を見上げながら、庭の手入れなんて何年ぶりかな――と思っていた。

最近は雨続きだったから、時々二階から見下ろすくらいで、庭に足を踏み入れることもなかった。年々勢いを増す雑草をいつかなんとかしなければと思いつつ、見て見ぬ振りをしていたという感じだ。

というより、無意識に考えることを避けていたような気がする。

なんでだろう。この家に来た最初の頃は、季節ごとに色とりどりの花を咲かすこの庭が気に入って、毎日水やりをしたり雑草を取ったりしていたのに。

紫陽花も、その頃は毎年美しい花を咲かせていた。でも——長く家を空けて帰った時には枯れていて、梅雨の時期が来ても二度と花を咲かせなかった。

そういえば、さっき彼が紫陽花を間引こうと言った時、すごく不安な気持ちになったのは何故だろう。どうしてだか、あの花にだけは絶対に触れて欲しくない——。

「どうぞ」

その時、台所から戻ってきた彼がグラスを差し出したので、もやもやしていた思考はそれで遮られた。

グラスに入っているのは冷えた茉莉花茶《ジャスミンティー》だ。爽やかな喉ごしに、身体だけでなく気持ちも涼しくなってくる。

「美味しい。お茶なんていつ淹れたんですか？」

「今朝、朝食と一緒に用意して、冷蔵庫で冷やしておいたんだ。少し作りすぎたから、明日は職場に持って行ってくれ」

頷いた香子は、ふと彼に申し訳ない気持ちになった。明日は平日だから、二人を残して仕事に行かなければならない。

「すみません。……本当は、仕事を休めたら一番いいんですけど」

「構わないよ。そもそも僕らが無断で押しかけたんだ。明日は、弁当を作るから楽しみにしていてくれ」

「ええっ、いいですよ、お弁当なんて恥ずかしい」

「そんなこと言わないで。実はもうメニューも考えてあるんだ」

「なんですか?」

「秘密、君を笑顔にしたいんだ」

なんだかこの会話を続けるのがくすぐったくなり、香子は苦笑して彼の肩に頭を預けた。

――仕事、休んじゃいたいな……。

二人が帰国するまであとたった一週間しかない。少しでも長く一緒にいたいが、経理の仕事が繁忙期なので、少なくとも週の前半は休めない。

せめて木曜日と金曜日は休みを取ろう。四月から一度も有給を使っていないし、浦島なら許してくれるに違いない。

ふと気づくと、彼が首を傾げるようにして香子を見下ろしていた。そっと伸びてきた手が、気遣うように香子の頬を優しく撫でる。

「……顔が、少し上気してる」

温かな手。太陽を宿した双眸に見下ろされ、そのまま彼の胸に倒れてしまいたいような衝動に駆られる。

「ごめん、少し疲れさせたかな。暑くなったし、今日はこの辺りでやめておこうか」

返事の代わりに睫を震わせると、ふと彼の瞳に影が宿り、そのまま唇が重なった。

唇はいつもより乾いていて、頬に添えられた指からは、かすかに土の匂いがする。

「……お風呂を沸かすよ」

香子を抱き寄せた彼が、掠れた声で囁いた。

「がっついていると思われるのが嫌で、やせ我慢をしていた。本当は、すぐにでも君を抱きたかったんだ」


「……、ウィル、恥ずかしい……」

香子は消え入りそうな声で呟き、身をよじりながら両手で胸を覆った。中天の日差しが窓から入り込む浴室は、電気を消していても眩しいほどに明るい。

そんな香子を壁に押しつけたバトラーは、ボディソープをまとわりつかせた香子の腰に手を滑らせながら、耳や肩に唇を落としていく。

「ン……、だめ、泡がついちゃう」

風呂の用意ができた後、バトラーに勧められ、先に浴室に入ったのは香子だった。

浴槽には乳白色の湯が張られ、先ほど飲んだ冷茶と同じ、甘美でエキゾチックな茉莉花の香りが立ちこめていた。

あまり彼を待たしてはいけないと思った香子は、急いでボディソープで身体を洗い、シャワーで泡を洗い流した。その最中に突然彼が入ってきたのだ。

彼は一糸まとわぬ姿で、香子は驚きのあまり目をつむって顔を背けた。

最初から一緒に入るつもりだったと気づいた時には、もう壁際に追い詰められていた。

彼はシャワーのスイッチを切って湯を止めると、まだ泡をまとった香子を抱きすくめ、いつにない強引さで唇を重ねた。

「ぁ……ゃ」

唇は最初から熱く、閉じた歯をこじ開けるようにして入ってきた舌はさらに熱かった。

浴槽から立ち上る甘美な香気が、二人の身体を汗ばんだように艶めかしく濡らしていく。

荒々しいキスに胸が弾み、息苦しさで目が潤んだ。彼の逞しい膝が足の間に入り込んで、ますます身動きが取れなくなる。

「……香子」

彼は切羽詰まった声でうめき、香子の唇をぴったりと口で覆った。

熱く濡れた舌で口内の粘膜を舐め回し、香子の舌を絡め取って自分の口腔に引き入れる。

彼が喉を鳴らして香子の唾液を飲み込む度に、香子の白桃色の肌は羞恥で薄赤く染まっていった。

香子の口内にも彼の唾液が溜まり、喉を下り落ちていく。まるでアルコール度数の高いワインを飲んでいるかのように、香子はとろりと重くなった睫を伏せた。

「ン、……ふ」

吐息が熱くなり、頭が虚ろに霞んでいく。ぐったりとなった身体が壁に押しつけられ、胸を隠していた手も、気づけば下に落ちている。

濡れたキスの音と乱れた吐息、甘い陶酔に誘うような茉莉花の香り。瞼の裏の目が熱く、下腹部の奥が甘ったるく疼き始める。

「はぁ……はっ」

獣のような彼の吐息が唇を濡らし、前髪から落ちた水滴が鼻筋を伝った。

香子はうっすらと瞼を開き、滑らかに引き締まった彼の裸身に目をやった。湯で乱反射した日差しが陽炎のようにゆらめいて、彼の肉体を幻想的なまでに美しく見せている。

その逞しい胸や腹部には香子から移ったボディソープの泡が付着して、隙間なく密着した二人の裸身が、その泡を潤滑剤にぬるぬると絡み合っている。

「……ぁっ……ふ」

胸の膨らみが押し潰され、甘く刺激された薔薇色の蕾が、疼きながらその存在を主張し始めた。彼はそれに指を滑らせ、泡をまとわせた指腹でソフトに撫でる。乳輪に優しく円を描き、弾力を確かめるように蕾をプルプルと左右に揺らす。

同時に、足の間に割り込ませた太腿を割れ目に押しつけるようにして上下させ、柔肉に覆われた花芯を硬い筋肉で刺激する。

「ん……っ、ン、は……ぁ」

たまらずに喘いだ香子は、みるみる甘く痺れていく下腹にきゅっと力を込めた。が、それが余計に快感の芯に火をつけて、炙られたように内腿の奥が熱くなる。

「んんっ、ンっ……」

——ぁ……きもち……ぃ……。

焦れるほど優しくに弄られる乳首。花びら越しに硬い太腿で擦られる花芯。全身が甘ったるく疼いて、どれだけ堪えても声が自然に漏れてくる。

臍の辺りでは、猛々しく屹立した彼の上反りが揺れている。明るいから否応なしにその象牙色の造形が目に映る。鈴に似た丸い先端、その下で脈打つ太い肉竿。それが下腹にゴリゴリと当たり、溶岩のような熱さと硬さが直に肌から伝わってくる。

「香子……」

たまりかねたように囁いた彼が、次の刹那、力強く太腿を割り入れてきた。

それはまだ閉じていた花唇をめくり開き、甘やかに疼く花芯を直接刺激する。

唇に指を当てる。

「ぁ……っ」

彼の腿に蜜がいやらしく筋を引いた。みるみる高まる官能に、香子はたまらなくなって
「ぁ……は……」

「香子……、すごく、いやらしい顔になっているよ」

「ン……ンッ」

下腹部がずきずきと甘く疼き、気持ちよさに双眸が潤んでくる。

――ぁ……、何、これ……？

幾層もの花びらで守られた花筒の奥に、これまで感じたことのない強い掻痒感がある。そこに直接触れてめちゃくちゃにして欲しい渇望が、香子をますます切なく喘がせた。なのに、バトラーは表層のじれったい刺激しか与えてくれない。香子はより深い官能を求め、無意識に膣肉に力を込めた。それでも求める場所には行き着けず、摑めそうで摑めない快感の尾が総身を切なく震わせる。

「……ゥ、ウィル……」

ついに耐えかねて、香子は彼を濡れた目で見上げた。

「……、私、……ピルを」

「ん？」

「……飲んでいるので、……だから、」

それで意図が伝わったのか、彼が喉を鳴らし、肉茎がいっそう硬度を増した気がした。

しかし、それでもなお彼の昂りは中に入らず、焦らすような意地悪い愛撫が続く。

「ゃ……っ、ウィル、んぅ」

彼は香子の舌を絡め取って甘嚙みすると、泡をまとわせた指で硬くなった乳首をプルプルと震わせた。そうしながら、なおも太腿で花びらからはみ出た紅い小粒を擦り立てる。

「ん……ン、ふっ」

執拗に弄られ続ける乳首はすでに淫らな薄紅色だ。とろ火のような甘い官能が全身をじわじわと炙りあげ、それが唐突に香子を待ち望んだ高みに押し上げる。

「――っ、ぁ……あはぁっ」

内腿の柔肉を淫らがましく震わせた香子は、甘い声を上げて彼の胸にくずおれた。

甘苦しい快感の余韻で全身が痺れている。それでも完全に到達しきれないもどかしさと渇望が、くすぶるように内腿の奥を疼かせている。

彼は何も言わず、そんな香子の膝裏に手を入れて抱き上げると、横抱きにしたまま浴槽にゆっくりと身を沈めた。

白濁した湯はとろりとした感触で、人肌ほどのぬるさだった。彼にすがったままでその湯につかると、肌から匂う官能的な香りと茉莉花の甘い香気に酔ってしまいそうになる。

バトラーは、膝に乗せた香子を前向きに抱え直すと、口で耳たぶをくすぐりながら、背後から回した両手で双つの胸を包み込んだ。

「ぁ……」

一体どういう入浴剤を使っているのか、湯はローションを溶け込ませたようにぬるりとして、乳首を転がす彼の指をぬるぬると滑らせる。

「ン……ぅ」

温かな湯の中で、香子は唇を噛みしめながら総身を淫らに波打たせた。

ぬるついた指腹で乳首を扱かれ、摘まみ上げられてクリクリと弄り立てられる。

背筋が総毛立つような掻痒感と甘苦しさ。溢れそうに高まりながらも、次の瞬間には引いていく快感の波の繰り返しに、香子はあっけなく泣き声を上げた。

「ア、っ……や、……ぁ」

「香子、声が聞こえてしまうよ」

指で挟み込んだ乳首をいやらしい指遣いで扱きながら、バトラーが意地悪く囁いた。

「もう少し抑えて……そう、いい子だ」

「ン……っ、ん、ふぅ」

香子は、涙で目を潤ませながら自分の指を噛みしめた。彼は執拗に乳首を責め立て、耳に熱い吐息を吹きかけてくる。

「思い出して、香子」

彼は囁き、薄紅色に色づく乳首をきゅっと指で摘まみ上げた。

「ア……」

「君はこうされるのが、すごく好きなんだ」

香子は否定するように首を横に振ったが、気持ちとは裏腹に肉体は甘くとろけ、ひくつく内腿の奥で何度も快感の泡沫が弾け散る。

「……可愛らしい乳首が、本当に弱くて」

「ぁぅ……や、いや、ウィル、いや」

「いやだといいながら、いつも簡単にイってしまう。ほら」

「あああっ」

湯の中で腰を跳ね上げた香子は、淫らに腰をひくつかせながら、二度、三度痙攣した。

彼はそれでも指を離さず、円を描きながらぬるぬると乳首を扱き立てる。三本の指を揃えて淡いタッチで擦り、時々親指で弾いては押し潰す。

「ぁう……あ、はぁっ、ああっ、はぁ、ぁ」

切ない声を漏らす香子は、もう何も考えられなくなって、自分を押し上げる快感の波に身を委ねた。

「あ……イく……、ぃ……く」

彼の肩におとがいを預け、びくっびくっと小刻みに腰を跳ねさせる。彼はそんな香子を片腕で抱き締め、声を奪うようにして唇を塞いだ。

熱く濡れた舌が口内に侵入し、粘膜をいやらしく舐め回される。

そうしながら、彼はようやく片方の乳房を解放し、その手を腹部に滑らせてきた。臍の窪みを辿り、肌に張り付いた下生えを指で掻き分け、それから——

香子はピクンッと肩を揺らし、閉じた睫を震わせた。

温かな指が、蜜と湯でぬるぬるになった花びらを割り開く。潤みに満ちた縦筋を泳ぐように上下し、待ち望んだ場所にゆっくりと中指が沈められる。

「ぁ……ぅ……」

甘くうめいた口の中は、彼の舌で埋め尽くされている。根元まで埋まった指が焦らすような抽送を始め、もう片方の手は、先ほどからずっと乳首を弄び続けている。

「ン……ふっ、んんぅっ」

香子は声を奪われたままで、オルガズムに総身を震わせた。

指を喰い締めた膣が、ヒクッヒクッと切ない収縮を繰り返す。その度に新たな快感の波が広がって、香子は何度も細い腰をくねらせる。

なのに彼は、まだ指での愛撫をやめようとしない。唾液が滴るような淫猥なキスを続けながら、指で乳首をプルプルと弾いて転がし、突いたりひっぱったりする。そして花筒に埋めた指を上下させ、少しずつ抽送の間隔を速くする。

「ぁ……ぅ、も、……も、いや」

乾いた紙が焼けるように官能の焔が燃え広がり、香子は薄汗を滲ませながら、必死に首を横に振った。

これ以上されたらおかしくなる。さっきからずっと快感の波が収まらない。何をされても感じるし、舌も乳首も指を入れられている場所も、全部が気持ちよくてたまらない。

「君は可愛らしいほど初心で、最初、何をしてもくすぐったがるばかりだった」

二本に増やした指で花筒を淫猥に穿ちながら、彼が耳元で囁いた。

「でも、僕の愛撫で、少しずつ感じる場所が増えていったね。——最後はここだけでイけるようになった。覚えてるだろう？」

ぬるついた乳首を優しく指で弾かれ、香子はビクッと腰を波打たせる。

「こうして弄られるのが大好きで、何度も僕におねだりしたじゃないか」

「ぁ……ン……、はぁ、ぅ」

敏感な先端をいやらしい指遣いで扱かれて、香子は虚ろに睫を震わせた。

この人は何を言ってるんだろう。まさかと思うけど、まだ私のことをメイユィだと思っているの？

その時、彼が香子の中に埋め込んだ指をくの字に曲げて、上壁をコリコリと刺激した。

「ぁ――、」

「ここも、すぐに僕の形を覚えて」

「い、いやっ、……っ、だ、だめ……っ」

「今みたいに、いやらしくうねって、僕の小弟弟《シアオディディ》に吸い付いてきたね」

かっと頬が熱くなった。同時に視界が白く濁り、鼻の先で火花が弾ける。白い腹が魚のようにピチピチと跳ね、彼の指をのみ込んだ雌肉が収縮する。

「ぁ……やぁ……ん、っぁ……ぅ」

粘度の高い湯が波立って飛沫くほど、香子は激しく身悶えた。

目尻に薄い涙が伝った。もう手にも足にも力が入らないのに、彼はまだ香子をメイユィに見立てたプレイをやめてくれない。

「そうそう、君は、後ろから突かれるのも好きだった」

「……ゥ、ウィル、もう、ゃ……」

彼は力をなくした香子を自分の肩で支えるようにして、片方の手で乳首を擦り立て、もう片方の手を花びらの上部に滑らせた。

そこには、赤く熟した果実が小さな突起となって顔を出し、物欲しげにひくついている。

軽く触れられ、クリクリと押し揉まれただけで、胸が千切れそうなほど切ない官能が広がって、香子は我を忘れて腰を振り立てた。

「ああっ、ゃ……ぁっ、だめ、だめっ」

「バックから突きながらここを弄ってやると、あっけないほど可愛く到達したね。後で沢山やってあげるから、楽しみにしておいで」

もう、彼が何を言っているのかも分からなかった。快感の波が何度も押し寄せ、目は涙で潤み、抵抗したくても身体に力が入らない。腰骨がとろけるような気持ちよさに息もできず、ただ開いた唇を淫らな魚のように喘がせる。

「——っ、はっ、ぁ……イく……イく、またイっちゃう……っ」

頭の中で白い火花が瞬いて、浮遊した内腿の間から、ピュッピュッと何かが迸るのが分かった。

ようやく彼の指が離れ、甘い責め苦から解放される。香子は羞恥に震える睫を伏せ、そのままぐったりと彼の胸に身を預けた。


「ぁ……はぁ、ンっ……ぁ」

和室にはすでに布団が用意されていて、そこに四つん這いにされた香子の中に、すぐに彼の欲望が挿ってきた。

まだ浴室での快感の余韻が残っていた香子は、最初、首を横に振って抗った。けれど丸みを帯びた先端が濡れた花びらに押し当てられた時には、その気持ちよさに指先までじぃんと痺れ、それを半ばまで埋め込まれただけで軽いオルガズムに達していた。

「……っ、締まる」

彼はかすかにうめき、香子の細い腰を両手で抱えたまま、猛々しく勃起した上反りをゆっくりと膣奥に沈めていった。

狭い花筒を広げられていく得も言われぬ快感が、髪の生え際にまで押し寄せてくる。

「っ……ぁぁ……」

香子は鼻から抜けるような甘い声を漏らし、ひくひくと膣肉を収縮させてすすり泣いた。

一度根元まで埋め込まれたものがぬうっと抜かれ、再び奥まで突き入れられる。

「……アっ、はぁ」

睫を跳ね上げた香子は、シーツを握り締めてがくがくと膝を震わせる。

もう一度抜かれ、また突かれる。その度に深くなる恍惚に、指先まで甘く痺れていく。

――ぁ……頭が、おかしくなる……。

閉じることを忘れた唇から透明な雫が滴り落ちた。突かれながらまたイったのだと分かったが、彼にそれを伝えることさえできなかった。

痙攣を繰り返す尻を両手で割り広げられ、角度を変えた肉楔が粘膜の壁をグリグリと擦り立てる。頭が白くなるほど強い快感に、香子は髪を振り乱してのたくった。

「ぁっ……ぁっ、いやぁっ……ぁぅっ、はぁっ、はぁっ」

背中がゾクゾクして、下腹部が甘苦しい塊でパンパンに膨らんでいる。そこを突かれてかき乱される度に、弾けては膨らむ快感の連鎖が止まらない。

「あうっ、や……やぁ、んん、んんぅ」

香子はシーツをかきむしり、涙で目を潤ませながら何度も身体を痙攣させた。彼はそんな香子の腰をしっかり摑んで押さえ付け、次第に打ち付けるリズムを速めてくる。

そしておもむろに前傾姿勢になると、背後から回した手で、香子の両胸を包み込んだ。揺さぶられ、小刻みに震える乳房が、彼の手のひらで自在に形を変えさせられる。

彼は三本の指を揃え、乳首を淡く引っ搔いたり、クリクリと擦り立てたりした。

「ひっ……」

つぅんとした快感が胸から背筋を甘く灼き、同時に彼の肉槍が埋められた場所から総身をとろけさせるほど強い快感が溢れ出る。香子は我を忘れ、泣きながら首を横に振った。

「やぁ……っ、も、やだ、んっ、イく、イくイく、……ぅ……っ」

涙と涎がシーツを濡らし、腿の間からぬるついた雫が滴り落ちた。

「ほんの少し前に初めてセックスを知った身体が、こんなに感じやすいと思うかい？」

彼の囁きが聞こえたが、意味はあまり分からなかった。断続的な快感で頭が虚ろになったまま、もう笛のような喘ぎを唇から漏らすだけになっている。

「……香子、君の身体は、何も変わっていない」

腰を揺すり立て、なおも香子の乳首を指で弄りながら、彼が興奮で掠れた声で囁いた。

けれどその声はどこか切なく、苦しげな響きを帯びている。

「頼む……、僕を、思い出してくれ……」

◇

ここは、どこだろう。

天空を震わす、羽音のような凄まじい轟音。

そこに大勢の人の、はやし立てるような声が混じっている。

飛び交っているは早口の中国語で、あまりよく理解できない。分かるのはただ一言。

（殺《シャ》！　殺《シャ》！　殺《シャ》！）

殺せ、殺せ、殺せ――。

見上げた空は、黒煙に覆われていた。真っ赤な焔、次々と上がる爆音、逃げ惑う人々が、手すりを越えて海に飛び込んでいく。

（香子！）

その時、焔の向こうから男の声がした。

目を凝らしても、その人の姿はよく見えない。焔と黒煙が、彼の声と姿をひどく曖昧に

ぼやけさせている。

(香子、こっちだ！)

突然視界が真っ白になり、どこか遠くから笑い声が聞こえた。

涼やかな午後の風――きらきらと輝く水面と陽気な音楽。

赤ん坊の小さな手と甘い匂い、雨、紫陽花、真っ黒な泥、散らばった新聞の切り抜き、目を伏せた女性の彫像、深紅のヴェール――それから……それから……。

オレンジ色が、全ての光景を覆い尽くしていく。

(――香子……僕を許してくれ)

ウィル……？

(――君を、愛している)

私も、私も愛している。私も……あなたを……ウェ……


「――香子？」

温かなものを頬に感じ、香子ははっと目を開けた。

心臓が重く脈打っていた。今、自分が見ているものが夢か現実か分からない怖さで、すぐに声が出てこない。

「……大丈夫？」

顔を寄せたバトラーが囁き、汗で冷えた香子の頰をそっと撫でた。

「すごく汗をかいて……うなされていたよ。もしかして、悪い夢でも見た？」

——夢……。

ドキドキと重苦しく響く動悸の中、見慣れた和室の光景と、そこに敷かれた布団で寄り添うバトラーの姿が現実として頭の中に入ってくる。

（香子！）

しばらく食い入るようにバトラーを見つめた香子は、ようやくほっとして息を吐いた。

「……そうみたいです、すごく変な夢を見て」

「……、どんな？」

香子は、少し考えてから首を横に振った。本当は覚えているけど、口にしたくない。

夢の中で、焰に包まれていたのは甲板だろうか？　あまり考えたくないが、どうしてもメイユィが亡くなった時の情景を想像してしまう。

（船舶事故です。多くの人が亡くなり、何人かは行方不明のまま、その事故で死んだとみなされています）

きっと、あの時聞いた話が意識深くに残っていて、それで、さっきみたいな夢を見てしまったのだろう。

そんな風に夢と現実が混同してしまうのは、香子にはよくあることだ。

そっと立ち上がったバトラーが、台所から冷えた水を持って来てくれた。

起き上がろうとした香子は自分が何も着ていないことに気づいて頬を染めた。片やグラスを手に膝をつくバトラーは、半袖シャツをまとい、ハーフパンツを穿いている。

「ごめん、少しやり過ぎたかな」

彼は囁き、グラスに口を付ける香子の乱れた髪をそっと撫でた。

「君は意識を失って……すごくよく眠っていたから、そのままにしておいたんだ」

みるみる直前の恥ずかしい記憶が蘇り、水を飲もうとした喉が鳴った。

「――、そ、そうですか」

「そのお詫びじゃないけど、家のことはあらかたやっておいたよ。ダイニングに夕食の用意もできている。まずシャワーを浴びてくるかい？」

香子は曖昧に頷いて、水をごくごくと飲み干した。

正直言えば、どこで意識を手放したのか分からない。ただ、頭がおかしくなりそうなほど感じて、彼の前で、ひどく淫らな醜態をさらしたことだけは覚えている。

なんだか色々信じられない。あんな真似をしたバトラーもそうだが、応えてしまった自分も恐ろしい。まだ出会って間もない相手なのに――

（ほんの少し前に初めてセックスを知った身体が、こんなに感じやすいと思うかい？）

「…………」

不意に息苦しいような不安を覚えた香子は、急いでその感情をよそに押しやった。

「と、とりあえず着替えるので、少しの間外に出てもらえますか。ていうか今何時——」

掛時計を見上げた香子は、思わず瞬きして文字盤を二度見した。七時？　確か彼と浴室に入ったのが昼前だったから——

「っ……、ウィル、セオは」

「大丈夫だよ。今夜は昊然と一緒にホテルに泊まることになっている」

彼は微笑し、慌てる香子の手をそっと取った。

「ごめん、実は色々事情が変わってね……仕事の都合で、帰国を早めなければならなくなったんだ」

「え……？」

「急なんだが、明日の最終便で帰国する。セオのことは昊然が気を利かしてくれたんだろう。明日は八時頃までいられるから、なるべく早く帰ってきてくれると嬉しいよ」

何も言えないでいる香子を見下ろすと、彼は目元にかすかな笑いを浮かべた。

「一緒に来る？」

そんなの無理だという答えが、もう表情に表れていたのかもしれない。

「……冗談だ。当分は仕事が立て込んでいるけど、落ち着いたら連絡するよ」

苦笑した彼に抱き寄せられ、香子はひどく動揺しながら目を閉じた。あまりにめまぐるしすぎて状況に理解が追いつかない。でも、多分これはいい知らせだ。

この三日間があまりに幸福すぎて、これ以上こんな日が続けば、一人になった後、心に深い穴が空いてしまいそうな気がするから――。

でも明日別れて、私たちに次があるのだろうか？

二人は住む場所だけでなく、社会的な立場も離れすぎている。しかも近くにいる今ですら関係性がはっきりしない。

意図的に考えないようにしていたが、眠りに落ちる前のセックスでよく分かった。

彼の心はどこまでいってもメイユィに囚われている。というより、彼はまだ本気で私をメイユィだと思い込んでいるのだ。

にもかかわらず、腹が立ったり悲しかったりしないのは何故だろう。

それどころか、私まで馬鹿なことを考え始めている。

私が本当にメイユィで、本当にこの人の妻だという可能性。――

身体を寄せ合うバトラーは、今、香子の背中の傷痕をそっと指で辿っている。

不意に何かの感情が胸に込み上げて、香子はつい口にしていた。

「この傷……以前に、交通事故が原因だって言いましたよね」

「ん……？」

もし私がメイユィだったら――？　そのあり得ない妄想は、どうしたって背中の傷ができた事故にたどり着く。

バトラーには黙っていたが、本当は彼に記憶障害があると知った時から、どこか運命的なシンパシーを覚えていた。

何故なら香子も、事故が原因で記憶の一部を失っているからだ。

彼にそのことを言えなかったのは、変に期待させるのが嫌だったのと——香子自身が、当時のことを二度と思い出したくなかったからだ。

「……二十歳の時、一人でイタリア旅行に行ったんです。そこで暴走車の追突事故に巻き込まれて……」

「暴走車？」

しばらく言いよどんだ香子は、意を決して口を開いた。

「覚えていないんです。気がついたら日本の病院のベッドで、知らない間に二十一歳になってました。イタリアに行った記憶さえなくて、なんで行ったのかも分かりません」

兄の話では、事故に巻き込まれたのはイタリアに到着した十日後のことで、フィレンツェのホテル前の路地で、追突された車の一台に跳ねられたとのことだった。

その事故のどさくさで荷物やビザを盗まれてしまったらしく、兄が地元警察の知らせを受けて現地に飛んでくれたのが一ヶ月後、昏睡状態だった香子の病状が安定し、様々な手配が整って帰国したのはそれから五ヶ月後だったという。

香子は、都内の病院で一ヶ月近く眠り続け、目覚めた時には季節は冬になっていた。最後の記憶が桜の舞う季節で、家を出て行く兄を見送った朝だったから、目覚めた時は本当に驚いたしパニックにもなった。

そんな香子を、毎日のように病院を訪れて励ましてくれたのが菫だ。

(龍平が家を出て、大学もしばらく休講だから、一人であちこち旅をするんだって言ってたわよ。それにしても長い旅になったわねぇ)

菫はそう言って笑っていたが、何よりの驚きはその菫と兄が別れていたことだ。

それから退院までの二ヶ月余り、夢と現実の見境がつかない不安な日々が続いた。

入院中、香子は何度も悪夢にうなされたが、それが現実に起きたことなのか、それともただの夢なのか判別がつかない。

それと同じで、今経験したことも、翌日になるとそれが現実の記憶なのか夢なのか分からなくなる。自分が、ずっと夢の中で生きているような——自分ではない、他人になって生きているような、そんな無常観が頭から離れない。

当時は離人症という病名がついたが、退院する頃には症状はすっかり落ち着いていた。

ただ、今でも自分の人生につきまとう厭世観——他人の人生を生きているような虚しさは、その頃の経験が関係しているのかもしれない。

今も香子は、できるだけ当時のことを思い出さないようにしている。自分が自分でなくなるあの感覚に、再び取り込まれてしまうのが怖いからだ。

「……本当は、ウィルの記憶障害の話を聞いた時、私も同じだって思ったんです。でも、最初にそれを言うと、ますます誤解されそうな気がして」

奇遇にも、香子が事故に遭ったのが今から約五年前、おそらくメイユィが亡くなったのもその頃だ。その偶然が恐ろしくもあったが、もちろん香子がメイユィであるはずがない。もし香子がメイユィなら、少なくとも事故の十ヶ月前に妊娠していなければならないからだ。それだけは絶対にないと断言できる。

いや——本当にないと言い切れるだろうか？

ふとバトラーがずっと無言なのに気づいた香子は、おずおずと顔を上げた。

「驚かないんですか？」

「驚いたよ」

そう言いながら、ひどく穏やかな目で、彼は香子の髪を優しく撫でた。

「記憶喪失なんて、現実にはあまりあることじゃないからね。それに、自分が生きてきた時間を、たとえ一部でも失うのは辛いことだ」

何故だかふと目の奥が熱くなり、泣きたくもないのに涙が一筋頬を伝った。

「辛かったね」

唇を震わせる香子を、バトラーは温かな腕で包み込むように抱き締めた。

「今、君がその経験を乗り越えられているなら、本当によかったと思うよ」

「……無理しなくていいんだよ」

バトラーの手が、香子の髪を優しく撫でてくれている。

「だ……大丈夫、です」

常夜灯のオレンジが、二人を優しく照らし出していた。

ベッドに腰掛けるバトラーの前で、香子は膝をついていた。ここは香子の部屋で、彼が座っているのはいつも一人で寝ているシングルベッドだ。

ベッドは小さく、身長百八十センチを超える彼には明らかに窮屈そうだった。香子は最初、二人で寝るのは無理だと断ったのだが、彼はここで寝たいと譲らなかった。

午後十時。バトラーに過去を打ち明けてから三時間が過ぎようとしている。

あの後二人は、彼が用意してくれた夕食――焼き豚入りのお粥と干し海老のワンタンスープ、淡水魚のソテー、青菜炒めを、白酒《パイチユウ》と一緒に楽しんだ。

そして、二人でもう一度お風呂に入った。

少し酔いが回っていたせいか、香子は笑いながら彼が身体を洗ってくれるのに身を任せ、同じように彼の身体も洗ってあげた。少しふざけて互いの髪を洗い合い、浴槽で何度もキスをした。

浴室を出て身体を拭いて、お互いの髪をドライヤーで乾かした時には、もう何年も前から彼と一緒に暮らしているような——そんな不思議な安心感に包まれていた。

深く、情熱的に愛されるのもいいけれど、こうして穏やかに過ごす時間も心地いい。

とはいえ、二人に残された時間が今夜だけだというのも分かっている。

今、おずおずと顔を上げた香子の前には、紺のブリーフに包まれた彼の下腹部がある。

ブリーフは股上の浅いセミビキニタイプで、どこか淫らに下半身にフィットしていた。

筋肉の隆起を浮かせた太腿と硬く引き締まった臀筋、逞しい内腿の間は暗く翳っていて、その中央にずっしりと質量のある膨らみが張り出している。

見ているだけで喉がカラカラに渇いてきて、香子は思わず唾を飲み下した。

「……、触り、ますね」

返事の代わりに頭を優しく撫でられた。それに勇気づけられるように、下着を押し上げる膨らみに指先でそっと触れてみる。

それはほんのりと温かく、布越しにもはっきりと分かるほど硬く張り詰めていた。薄い布地は、竿や亀頭の淫猥な形をくっきりと象り、なんだかひどくいけないことをしているような気持ちになる。

息を詰めたままでそろそろと指を動かすと、それはピクッと跳ね上がり、より膨張したものが下着のゴムを押し上げた。

「……焦らすんだね」

彼が苦笑混じりの囁きを漏らした時には、象牙色のつるりとした亀頭が、下着からわずかに先端をのぞかせていた。香子は目を見張り、そのまま石みたいに固まった。

鈴の形をした先端の丸み、驚くほど太くて質量のある陰茎、その下で下着を膨らませている重たげな陰嚢。それらが彼の肉体の一部で、こんなにも近くにあることが、まだ現実のものとしてのみこめない。

何度か唾を飲み下した香子は、思い切って目をつむり、自分を惑わす淫らな造形を視界から追いやった。

そのまま顔を近づけると、内腿の熱がむっと顔を包み込む。爽やかなソープの匂いに混じって雄の精臭がほのかに感じられて、胸が疼くように熱くなった。

——できるかも……。

その疼きに突き動かされるように、目をつむったままの香子は、布越しの熱塊に淡いキスを繰り返した。自分を支えるために彼の両腿に手を添えると、その硬い筋肉とざらついた腿の毛の感触に、ますます胸が熱くなる。

昂る気持ちに背を押されるように、香子は指で彼のものを覆う下着を引き下げた。途端にぶるんっと飛び出したものが唇を弾き、少し驚いて目を開く。

「……っ」

いきなり目の前に現れた猛々しい上反りに、思わずあっと声が漏れた。

張り詰めた竿の表皮には脈打つ血管の筋が浮き、男にしては色白の下腹に、黒々とした陰毛が艶めかしく生えている。

荒々しく昂った灼熱はうっすらとした飴色で、想像していたよりずっと淫らで、美しかった。

そっと指で触れると、どこか優しい柔らかさを持つ表皮と、その下にある芯のような硬さが同時に伝わってくる。

「……香子」

彼はうめくように囁き、香子の髪を撫でながら立ち上がった。それが昔からよく知った合図であるかのように、香子は彼の下着を膝まで押し下げ、屹立した陰茎に口づける。

硬く張り詰めた竿を手のひらで包み、舌先で鈴口の先割れをチロチロと舐める。

「う……、く」

彼が掠れたうめき声を漏らし、ピクッと腿に力を込める。舌先に濃厚な苦みが広がって、香子は胸を喘がせた。もう白酒の酔いは醒めているはずなのに、頭の芯がくらくらして、熱い。

先走りと唾液で濡れた先端は、口に含みきれないほど大きかった。香子は丹念に舌でそれを舐め回し、ヌルヌルにしてから半ばまで口中に含み入れた。チュポチュポと音を立てて出し入れし、唾液の滴りで濡れた竿をゆるゆると扱き立てる。

今、はっ、はっと浅い息を吐いているのは、彼だけではなく夢中で口淫を続ける香子も同じだった。血管の筋を浮かせた肉茎を舌で舐め上げ、口に含んで食むようにする。彼はうつむき、呼吸を熱くしながら香子の髪や耳たぶを撫でている。

その呼吸が乱れ、かすかなうめき声が聞こえる度に、香子の胸は燃えるように熱くなった。キャミソールの下で乳首が疼き、ショーツに包まれた花びらは自然に溢れた蜜で甘ったるく濡れている。

彼の手が頭を離れ、肩を滑ってキャミソールの内側に入ってきた。温かな指がしこり始めた乳首を捉え、コリコリと甘く揉み転がす。

「ぁ……、はぁぅ」

香子はますます切なく喘ぎながら、いっそう硬度の増した肉茎を舐めしゃぶった。

もう一度先端を口に含み、少し頑張って奥まで頬張ってみる。頬裏の粘膜が丸い亀頭で擦られる。深く咥えて舌先でカリ首を舐めると、彼が膝をビクッと震わせ、初めて大きな息を吐いた。

香子もまた、彼のものを咥えたままで、潤んだ双眸を瞬かせた。

腿の付け根が切なく疼き、あわいの内側はもうぬるぬるになっている。彼の生殖器官を舐めていることで、香子自身の肉体が官能を高めているのだ。

「……ぅ、気持ちいいよ……香子」

彼の声もまた熱に浮かされたように掠れ、目は欲情で薄く濡れている。

その凄絶な艶気に、胸がゾクリとして膣肉が甘く収縮した。ますます疼きを高めたあわいが、束の間、軽いオルガズムに浮遊する。

「ぁ……は」

目の縁を薄く染めた香子は、ヒクヒクと腰を震わせながら、唇で咥えた男根を口全体で扱き立てた。唇を上下させる度に頬がすぼまり、飲み下せない唾液が肉茎を伝って下生えの繁みに滴り落ちる。

「……っ、香子、ごめん」

不意に彼がうめくように呟いた。強い力で香子の頭を摑んで引き寄せると、怒張した昂りを喉の奥にまで押し入れる。

「ンッ……っ、んぅ」

巨大な灼熱で喉を突かれる苦しさに、香子はうめき、目に涙を滲ませた。

それでいて、強引に欲望をねじ込まれ、荒々しく出し入れされることに、心のどこかで倒錯にも似た甘い陶酔を感じている。

信じられないことに、こんな風にされるのが自分は決して嫌ではないのだ。

それどころか、以前も同じ真似をしたような、そんな奇妙な気持ちにさえなっている。

「……っ、ぅ……」

くぐもったうめきを漏らした彼が、悩ましげに眉をしかめ、香子の喉から剛直を引き抜いた。途端にビクビクッと跳ねたそれが、舌の上に熱い迸りを解き放つ。

むせて咳き込む香子を膝に抱き上げると、彼は指を口に差し入れて、とろりと白濁したものをすくい取ってくれた。それでも残る苦みを口づけで拭いながら、香子をベッドに横たえさせる。

「ありがとう、すごく、よかった」

「ん……」

彼は香子がまとうシルクを頭から引き抜くと、赤く色づいた果実の片方を口に含み、もう片方を温かな指腹でスリスリと擦った。

そうしながら空いた手を腹部に滑らせ、ショーツの内側に差し入れる。たっぷりと蜜が溜まった花びらで指を泳がせると、蜜穴を割り開いて中指を浅く沈めてくる。

「ン……あ……は」

甘ったるくて優しい気持ちよさに、香子は背筋を震わせた。彼は第二関節まで埋めた中指をヌプヌプと抜き差ししながら、乳首をチロチロと舐めて震わせる。

「ん、んふっ……ン」

とろけるような快感に、香子は自分の指を噛み、腰を浮かせて身悶えた。自重を支える足首と腿に力がこもり、彼の指をのんだ柔肉がヒクッヒクッと収縮する。

——あ……気持ちぃ……。

ぬるま湯をたゆたうのにも似た心地よさに、眠りに落ちる間際のように頭が虚ろになっていく。

「ぁ……ウィル……あ……あ」

緩やかに頂点にたどり着いた香子は、白い歯を零して甘い快感に酔いしれた。

彼が身体を下方にずらし、香子のショーツをめくり下げる。布地が離れると同時につぅっと透明な蜜が糸を引く。

屈み込んだ彼は、春草のような下生えを唇で弄び、舌先を花びらの中に滑らせてきた。淫らに膨らんだ陰唇をヌルヌルと優しく舐め上げ、愛らしい肉粒を舌腹で優しくこね回す。

「んぅ……ン、ん……っ、ぁふぅ」

ビクッビクッと腰を跳ね上げ、香子はシーツを握り締めた。気持ちよすぎて頭がおかしくなりそうだった。彼の指がゆっくりと蜜穴に沈んでいく。根元まで埋められた後、クチュクチュと卑猥な水音を立てて抜き差しされる。

唾液をたっぷり乗せた舌で舐められている真珠粒は、切ないくらい甘い疼きを高めている。二本に増やされた指が、狭い蜜口を押し広げてかき乱し、膣内の気持ちいい場所をノックするように押してくる。

「あ……、だめだめ、だめ、ウェイ、だめ」

香子は額に汗を滲ませ、抗うように首を横に振った。一瞬動きを止めたバトラーが、しかしすぐに蜜で濡れ光る可憐な尖りに唇を押し当てる。

「ぁっ……」

腰骨を灼くような強い快感に、香子は睫を跳ね上げた。

彼の唇で覆われた淫芽がレロレロと舌で転がされ、チュクチュクと甘く吸い上げられる。

「ンっ、くふぅ……あぅ、あっ、あああ」

目の奥で火花が散った。腰が跳ね、引きつった内腿から透明な飛沫が迸る。

羞恥と脱力と、えもいわれぬ快感の中で、香子は闇に落ちていくようにくずおれた。

弛緩した身体が、それでもなおひくっひくっと淫らな痙攣を続けている。

彼は膝立ちになって避妊具を着けると、香子を跨ぐようにして屈み込む。

そして、互いの額を擦りつけるようにして囁いた。

「……もう一度、僕の名前を呼んでくれないか」

香子は潤んだ瞳を瞬かせ、彼の、どこか切なげな目を見つめた。名前なら何度も呼んでいるのにどうしたんだろう。

「……ウィル?」

「……、うん、そうだ」

彼は微笑んだが、何故かその目はひどく寂しそうだった。

香子の瞼に優しいキスを落とした後、彼は半身を起こし、足の間に身体を割り込ませてきた。両腿を軽く持ち上げ、昂る熱塊を濡れたあわいに押し当てる。

「——あ、ぅ……」

小さな蜜穴を性急に押し広げられていく感覚に、香子は腰を反らせて身震いをした。

胸が切なく締めつけられ、さざ波のような快感が全身に広がっていく。その瞬間、目の前の男への愛情で胸がいっぱいになり、薄い涙がまなじりを伝った。

「ぁ……ウィル……」

「香子……君の中は、とても温かい」

狭い花筒が勃起しきった上反りで埋め尽くされる。二人の身体はこれ以上ないほど密着し、彼の鼻先と唇が香子の顔すれすれに近づいた。

喘ぐ香子の唇をついばみながら、彼がゆっくりと腰を揺すり立てる。隙間なく重なった内腿が擦れ合い、花びらが硬い牡茎でめくり上げられる。

「ン……ぁ、ふっ」

緩やかに揺すり立てられながら、香子は、びくっびくっと白い身体を震わせた。快感にたゆたう頭が白くけぶり、目の奥で小さな火花が弾け散る。

指と舌でたっぷりと愛された果肉は、蜜を滴らせながら艶やかに割れ開いた。

その蜜を柔らかく攪拌しながら、彼はゆっくりと最奥を穿ち始める。パチュッ、パチュッと水紙を叩くような淫猥な音が響き、香子は陶酔の中で重くなった瞼を伏せた。

「は……ぁぅ……ぁ……は」

同じリズムで揺さぶられているうちに、体内で猛り狂っていた官能が少しずつ優しいものに変わっていく。単調で優しい抽送は、甘く、淡く、とろ火のように、芯から肉体をとろけさせていく。

彼は、香子の額に浮いた汗を唇で吸い取ると、愛おしむような目で見下ろした。

より深い場所を硬い楔で満たしながら、唇を甘くついばみ、瞼や鼻先に口づける。

「ぁ……ウィル……」

彼の素肌の温かさや、抱き締める腕の逞しさ、見下ろしてくれる眼差しに込められた愛情に、胸が切なさでいっぱいになった。

こんなにも大好きな人に、宝物のように大切に愛されている。

人生の中でこれほど幸せなことがあるだろうか。

たとえそれが、美しく散る花火のように、一瞬だけ生命を照らして消えるひとときの夢であったとしても。

「ウィル、……好き」

香子は呟き、彼の首に両腕を巻きつけて、逞しい肩に唇を当てた。

「好き……大好き……、愛してる」

「……、香子」

彼もまたうめくように呟き、香子の肩に口づけた。

両腕をシーツに突き、最奥を荒々しく穿ちながら、はっ、はっと切ない吐息を唇から零れさせる。

これまで感じたことのないほど深い快感が急速に込み上げてきて、香子は彼の腰に足を巻きつけ、身体を反り返らせた。

「んぅ……はぁっ、あ……ぁ」

「香子……君を、愛している」

彼は囁き、強い力で腰を打ち付けながら、感極まったように「我愛你《ウォアイニー》」と繰り返した。

みるみる全身の官能が高まって、香子は髪を振り乱しながら、甘く、切なく身悶える。

「あぅっ、ぁ……あ、ウィル、……んッ、あんっ、あ……」

閉じた目の奥が白くなり、自分の声が遠ざかった。

細胞の隅々まで快感が満ち満ちて、今にも弾けそうに震えている。

「はっ、はぁっ」

彼の熱い吐息と前髪から滴る汗。火の塊みたいな筋肉の躍動と、欲情で濡れた眼差し。

そういったもの全てが香子の官能を昂らせ、忘我の果てに追いやっていく。

身体の奥で小さな火花が次々と弾け、それが連鎖のように広がった。幾重もの大輪の花が、闇色の深淵に命の証を焼きつけていく。

「んぅっ、だめ、イく、……だめっ、ぁ……っ、あはぁっ」

背を弓なりにさせた香子は、彼の逞しい肩にすがりつき、何度も名前を呼びながらすすり泣いた。

「……香子、……香子」

彼の動きが荒々しくなり、抽送がいっそう激しくなる。香子を抱き締め、首や肩にやみくもに口づけながら、より深い場所を剛直で突き上げる。

もう声も出ない香子は、ビクッビクッと膣肉を収縮させながら、最後の高みに放り出される瞬間を待っている。

「……もう少し……、一緒に……」

彼が苦しげに囁いてうめき、次の瞬間、香子の身体の奥深い場所で、何かが温かく弾け散った。

「……っ、くぅ」

切ない声を上げた彼にしがみつき、香子は泣きながら身体を二度、三度痙攣させた。

甘く痺れた総身が空で浮遊し、落ちながらもなお快感の余韻にひくついている。

――ウィル……。

ぼやけていく視界の中、無意識に手を伸ばして愛おしい人の頬をまさぐった。

「……香子」

その手を捉え、口づけてくれる彼の頬から涙が伝い落ちるのが分かったが、それが現実なのか夢なのか……。

虚ろに眠りに落ちていく香子には分からなかった。

◇

『ウィリアム・リー・バトラーの詳細な経歴が分かりました』

イヤフォンから響く後輩の声は、以前より少し沈んで聞こえた。

冴え冴えとした夜の静寂に、美しい月が浮かんでいる。

遠くで響く汽笛の音。積み上がったコンテナ越しに、巷に停泊するトリコロールカラーのコンテナ船が垣間見える。

『広東省《カントン》出身で、一人っ子政策に反して生まれた、いわゆる無国籍児です。生まれてすぐに密売人に売られ、福建省《フッケン》の陳凱《チエンカイ》という人物に買い取られた。ご存じですか？　榮耀《ロンヨウ》電気の現会長ですよ』

「……それで？」

煙草の煙を吐き出しながら、浦島は先を促した。

コンソールボックスの中では、社用スマホがしきりに振動している。相手も用件も分かっているから出るつもりはない。

『その後、三歳でジョン・バトラーに転売されアメリカ国籍を取得、ウィリアム・李《リー》・バトラーと名乗るようになります。ジョンはそれから二年後に薬物中毒で死亡……ちなみに、陳凱会長もジョンも無国籍児を買ったのはこれが初めてではないようです』

——幼児性愛者か。

浦島は目を細め、屈託のないバトラーの笑顔を思い浮かべた。裏のある人物には違いないが、その裏は少し意外だ。

『その後のバトラーの経歴は空白です。十八歳でオクスフォードに入学しますが、それまでがどこを調べても出てこない。ジョンの死にも不審な点があり、学費や起業資金をどこで得たのかもはっきりしていません』

「なぁ龍平、陽衛は、そこに絡んでこないのか？」

浦島の言葉に、スマホの向こうの秋月龍平が息をのむようにして黙るのが分かった。

『陽衛……？』

「覚えてるだろ？　天雷の頭領の長男で、長年、存在をひた隠しにされていた陽衛だ。五年前に初めて姿を現し、龍永号《ロンヨン》に乗っていた行方不明者同様、死んだことになっている」

『……何故、そこに陽衛が出てくるんですか』

後輩の声は硬かった。二度とその名に触れて欲しくないという口調だ。

その理由を知っている浦島は、わずかに苦笑して唇から煙草を離す。

「なんとなくだよ。あるいは陽衛が生きていて、バトラーを使って妹さんの様子を探らせているんじゃないかと思ってな」

『意味が分からない。何故、そう思うんですか』

「何故って、彼女は龍永号の数少ない生き残りだ。もしかすると陽衛の顔を見ていたかもしれないじゃないか」

『…………』

「中国の暗殺者っていうのは、顔を見られた相手を必ず殺すというからな。――それは冗談だが、陽衛の顔は、公安も中国警察も確認できていないんだ。もし見たとしたら、彼女は貴重な証人になる」

『……先輩』

浦島は笑って、煙草を灰皿に押しつけた。

「安心しろ。彼女が龍永号に乗っていたことを知っているのは、俺とお前だけだよ」

『……申し訳ありませんが、残りはデータで送ります。それと自分には、ウィリアム・リー・バトラーは、極めて無害な人物にしか見えませんので』

通話が切られ、続いてチャットに送られてきたデータファイルを、浦島はやや閉口した気持ちで開いた。

少し挑発しすぎたか。

本当はバトラーが陽衛本人ではないかと疑っていたのだが、今の反応を見るにその線はなさそうだ。

データには画像が何枚か含まれていた。そういえば、バトラーの写真はネットに一枚もなかったな——そう思いながらファイルを開いた浦島は、そのまま、声もなく固まった。

「これが……ウィリアム・リー・バトラー？」

なんてことだ。信じられない——いや、あまりに馬鹿げている。

「は……ははっ」

コンソールボックスの社用スマホが再び震えた。取り上げると、待ち受け画面に複数の通知が並んでいる。

宮迫からだ。

〈お前の言うとおりだ。調べてみたら、データにハッキングされた形跡があった〉

〈頼むから早くなんとかしてくれ、全部お前が始めたことじゃないか〉

浦島は苦笑し、スマホを再びボックスに投げ込んだ。

研修所での出来事を見るに、向こうの狙いは宮迫一人だったのだろう。

なのに盗み出したデータをすぐに公表しなかったのは、そこに俺が絡んでいたからだ。

用心した――つまり、向こうもまた俺のことを知っている。

「……さて、やるか」

秋月龍平が、このからくりに気づく前に、さっさとけりをつけてやる。

第四章　ミッシングリンク

「珍しい、それお弁当？」

月曜日。更衣室の冷蔵庫に弁当箱を収めていた香子は、ドキッとして振り返った。

レインコートを脱いでいる総務課の女性が、他意のない笑顔をこちらに向けている。

「秋月さん、いつも外食かコンビニなのに、どういう心境の変化？」

「……ちょ、ちょっと、今月金欠で」

引きつった笑顔で誤魔化した香子は、急いで更衣室を出た。

今日は朝から土砂降りで、そのせいかオフィスも暗く翳って見える。

なのに、どこか気持ちが浮ついているのは、昨夜から今朝にかけての時間があまりに幸せだったからかもしれない。

昨夜――彼と繋がったまま眠りに落ちた香子は、空が白み始めた明け方に目を覚ました。

彼は隣にいて、香子を優しく見下ろしていた。二人は満たされた気持ちのままに口づけを交わし合い、狭い布団の中で子供みたいにじゃれあった。

すぐに慌ただしい朝が始まったが、一晩の幸福な記憶は、今も香子の胸を温かく満たしている。

あれだけ素直な気持ちで彼に甘えられたのは、自分にとって一番の秘密を打ち明け、ようやく心の重荷が取れたせいかもしれない。

一方で、まだ心のどこかに小骨が引っかかっているような違和感もある。

彼が昨夜、香子の告白を特に驚くでもなく黙って聞いてくれたことも、後になって不思議に思えてきた。

彼と自分の間に、殆ど同時期に失われた時――ミッシングリンクがあることは、普通に考えればあり得ない偶然だ。

てっきり、根掘り葉掘り当時のことを問い質されると思っていたし、彼の口から、もう少し詳細にメイユィを失うことになった出来事が語られるものだと思っていた。

が、彼は一切その話に触れなかった。

正直言えば、自分が彼の最愛の人だったかもしれない可能性を、今も未練のように考えてしまっている。

香子が記憶を失った原因は、交通事故ではなく船舶事故だった可能性。

記憶をなくした二十歳から二十一歳の間に彼と出会い、愛し合っていた可能性。

なにしろ、香子が記憶を失くした交通事故は、全て兄から聞いた伝聞でしかないのだ。

むろん様々な書類や現場写真を見せられたし、兄が嘘をつく理由も思いつかない。

でも、だとしたら彼と肌を合わせる度に感じるあの既視感はなんなのだろうか。

何もかも初めてのはずなのに、まるで昔からそうしていたように、彼とのセックスは五感にしっくりと馴染んでくる。

忘れていた感覚を呼び覚まされたようなエクスタシー。何より彼に包まれていると、深い安心感と幸福に満たされる。

まるで、ずっと帰りたかった場所に帰ってきたような。

夢で見た場所に、ようやくたどり着いたような――。

ただ、どうしても説明がつかないのがセオの存在だ。

いくらなんでも記憶のない半年間で、着床から出産までを経験するのは不可能だ。

セオが養子である可能性もあるが、それならバトラーがそう言ってくれるはずだ。

――もう忘れよう。

香子は首を横に振って、胸にわだかまる疑問を追い払った。

いずれにしても、彼とセオは、今夜日本を発ってシカゴに帰る。

そこから先のことは分からないし、正直、あまり考えたくない。

彼は住む場所も立場も違う人だし、何より今でもメイユィを愛している。父子が願うとおり、メイユィが本当にどこかで生きているなら、香子の存在はただ邪魔なだけだ。

そして香子は、決して彼を追っては行けない。

五年前の事故以来、海外渡航は兄から固く禁止されている。なのでビザも再取得していないし、香子自身、兄を心配させてまで日本を離れるつもりはない。

――だめ、今は、楽しいことだけ考えよう。

香子は再度首を横に振り、強引に気持ちを切り替えた。

今夜は、セオに何かお土産を買って帰ろう。そうそう、お昼の弁当も楽しみだ。

彼は予告通り弁当を作ってくれ、出かける間際、ピンク色のキルトで包んだ弁当箱を手渡してくれた。

(早く帰っておいで、今夜は君の好きな鍋を作るよ)

六月に鍋？　と思ったが、彼の数少ない日本食のレパートリーだと思ったらすごく愛おしい気持ちになった。

その後は玄関先でキス――甘い思い出に少し口元を緩めながら自席に向かうと、同僚の歩美が慌てた様子で駆け寄って来た。

「秋月さん、大変よ、浦島課長が会社を辞めたんだって！」

「え……？」

「今、部長が来て説明があったの。後任が来るまで課長の稟議は部長に回すようにって」

香子は愕然として課長席を見た。浦島の姿はなく、パソコンもなくなっている。

「ど、どうして？」

「分かんない。てか、どうしよう、課長に見てもらう案件が山ほどあるのに」

香子は急いでスマホを取り出し、浦島の私用スマホに電話してみたが、すぐに留守番電話に切り替わった。自宅の番号も知っているが、さすがにかけるのは気が引ける。

まさか、バトラー絡みのごたごたがまだ続いているのだろうか？

だとしたら香子にもなんらかのお咎めがあるはずだが、始業時間になってもなんの連絡もないまま、慌ただしく時だけが過ぎていく。

浦島を欠いた職場は、至るところで業務に支障が生じ、その対応に追われる香子は、文字通り目が回るほど忙しくなった。今日は早く帰るつもりだったが、この分では日付を跨いでも仕事が終わらないかもしれない。

いきなり庶務課に人が雪崩れ込んできたのは、半ば血眼になりながら収支報告の数字をチェックしていた時だった。

「すみません、業務を一時中止してください！」

驚いて立ち上がると、複数の男性社員が駆け寄ってきて、香子の周りを取り囲んだ。

「秋月さん、今からあなたの所持品を調査します」

「え……？　はい？」

その全員が財務部の社員だった。彼らは香子の卓上や引き出しからファイルを掴み取ると、持参した段ボール箱に詰め込んで持ち去った。パソコンやハードディスクも運び去られ、机の上も中も空っぽになる。

訳が分からず呆然と立ちすくむ香子を、責任者と思しき社員が、そっと廊下に誘ってくれた。

「まだ詳細は分からないけど、おたくの浦島さん、会社の金を横領してたらしくてね」

「えっ……？」

「今朝早く、浦島さん自ら財務部長に電話して告白したそうだ。主導したのは宮迫専務で、経費の一部をダミー会社に流すスキームを作ってたとか……」

香子は唖然と口を開けた。どれだけ咀嚼しても、今の言葉が頭に入ってこない。

その時、廊下の向こうからその宮迫の大声が響いてきた。

「おい！　俺のパソコンをどこに持っていく気だ、お、俺には社長がついてるんだぞ！」

声の方を見た男は、やれやれとため息をついた。

「秋月さんは、浦島さんの補佐役で色んな仕事を一緒にしていただろう？　気の毒だとは思うけど、念のため君の周辺も調べとこうって話になってね……」

◇

浦島と宮迫が会社の金を横領していたという話は、その日の夕方には社内中に広まった。

遡れば三年も前から、経費の一部をダミー会社との架空取り引きに計上し、額にして数千万円を宮迫の口座に流していたという。

それに加えて、宮迫が女子社員と不倫していたという噂がどこからともなく広がって、むしろ社員の関心はそっちの方に集中した。

「相手、秘書課の子だって。ほら、先日ＣＥＯに花束を手渡してた子」

「それで秘書課に花束を渡させろってごり押ししてたんだ。奥さんがいるのに最低だな」

権力者が一度つまずくと、それまで虐げられてきた者たちが一気に反撃に出るようだ。

一方で自ら罪を告白したとあって、社内の噂は、どこか浦島に同情的だった。

「気の毒に……きっと専務にいいように利用されてたんだよ」

「いかにもお人好しそうだったもんね、浦島課長」

香子は反論こそしなかったが、それらの話には少し納得できないものを感じていた。

浦島はそこまで馬鹿な男ではない。むしろ切れすぎるほど優秀な部分を隠している節さえある。そんな浦島が、宮迫のような単純な男に利用されたりするものだろうか。

「──うっそ、じゃ、横領は秋月さんも知ってたってこと？」

「だって課長と仲良すぎじゃない。この間だって秋月さんがスカーフしてきてさぁ」

給湯室で嬉々として喋る歩美の声を聞いた時、今日はもう帰ろうと決心した。

そんな目で香子を見ているのは何も歩美だけではない。今日一日、どこへ行っても疑惑の目で見られ、いい加減うんざりしていたところだった。

警備課に戻ることをモチベーションに、今日まで気持ちを切らさずに頑張ってきたが、もうこの辺りが潮時かもしれない。

渦中の人からの電話に気づいたのは、時間休の申請を済ませた香子が帰り支度をしている時だった。


『本当に申し訳なかった。君に、一番迷惑がかかることは分かっていたんだけど』

スマホから聞こえる浦島の声は、ひどく憔悴しているようだった。

「……本当に、課長がやったんですか」

人目を避けて非常階段の踊り場に出た香子は、祈るような気持ちで上司の返事を待った。

『うん、まだ課長になる前に宮迫さんに持ちかけられてね。……やっぱり中途入社っていう引け目があったからかな。結婚したばかりだし、将来のことを考えると断れなかった』

その言い訳には納得できないものを感じたが、家族を持つ浦島の心情は、香子には計り知れない。

「私に、何かできることはありますか」

『俺のことはいいよ。それより、秋月さんにどうしても伝えなきゃいけないと思って電話したんだ。――先週うちに来た、ウィリアム・リー・バトラーのことで』

ドキッとした香子は、思わずスマホを手から滑らせかけていた。

『どれだけ検索しても、奴の写真が一枚もネットになかったことは覚えているだろう？　どうやらSD社でも、指示は全て代理人を通じて行われているらしく、バトラーの顔を見たことがある人間は殆どいないようなんだ』

「……、そんなことあるんですか」

あれだけの大企業の最高経営責任者が表に顔を出さないなんて、そんなことが。

『向こうじゃ、誘拐を恐れてプライベートを秘匿している富豪は珍しくない。それに奴は、元々表に一切顔を出さない投資家だったんだ。それが昨冬SD社の株を買い占め、強引にCEOの座についた。とはいえ実質経営にはノータッチ、日本の――彼らにしてみれば取るに足りない企業――つまり我々との業務提携を除いて』

心臓が、ひどく嫌な風に高鳴った。

『奇妙だろ？　なんだか昔の血が騒いでね。それでかつての職場のツテを使って、バトラーの素性を徹底的に洗ってもらったんだ。それで手に入れたのがこの写真だよ』

耳に当てたスマホが振動し、メールの着信を告げた。添付ファイルを開いた香子は、眉を歪ませ、息をのむようにしてそこに映る男を凝視した。

「……誰ですか、この人」

『SD社のCEO、ウィリアム・リー・バトラーだ』

「で、でも、顔が」

『別人だね。でもその人物がアメリカ国籍を持つウィリアム・リー・バトラーであることは間違いない。なにしろこれは、日本の公安警察が撮影した奴の近影なんだから』

香子はこくりと喉を鳴らした。写真には、黒のベントレーをバックに立つ男の姿が映し出されている。アジア人だが、年齢と背格好以外バトラーと似たところがない。

黒髪をオールバックにし、目は細くてやや垂れ気味、いかにもリッチな富豪らしく、穏やかで人の良さそうな顔をしている。

――どういうこと……？

「な、何かの間違いなんじゃ……」

『息子はセオドア・シー・バトラー。戸籍上、間違いなくこの男の子供だよ』

「…………」

『ちなみに養子で、母親は最初から存在していない』

待って、意味が分からない。じゃあ、今うちにいて、私を待っている人は一体誰？

私のことを、お母様と呼ぶあの子は何者なの？

『もし奴がCEOを騙る別人なら、これは明確な詐欺案件だ。バトラーを接待するために会社は様々な経費を負担し、企業秘密も開示している。もちろん君も被害者の一人だよ』

「……被害者？」

『目的は分からないけど、君を亡くなった奥さんに似ていると言って接近したのは、典型的な結婚詐欺のやり方だよ。実在する人物の名前と身分を騙り、子供まで使って君に近づいた。——すぐに警察に通報した方がいい。なんなら俺が、龍平に連絡しようか』

◇

「お母様、お帰りなさい！」

帰宅すると、すぐにセオが玄関に飛び出して来た。午前中に降った雨のせいか、夕映えに輝く庭の草花から、濃い土の匂いが漂っている。

「早くこっちに来てください。昨日浅草で、お母様のお土産を沢山買ったんです」

靴を脱ぐなりセオに手を引っ張られ、和室の方に連れて行かれる。

「こら、セオ、だめじゃないか。お母様は外から帰ってきたばかりなんだぞ」

どこかぼんやりとセオに手を取られていた香子は、その声にビクッと肩を震わせた。

リビングの扉の前に、エプロン姿のバトラーが立っている。

彼は立ちすくむ香子を少し訝しげな目で見てから、すぐに優しく微笑んだ。

「おかえり、随分早かったね」

心臓がドクンッと鳴った。

——誰……？

この人は、何者なの？

「……し、仕事が早く片付いて」

が、すぐに香子は取り繕った笑顔になった。

彼が詐欺師であるはずはない。そんなの、いくらなんでもあり得ない。だから浦島が警察や兄に連絡する前に、香子自身が彼の身元が分かる証を探さなくてはならない。

（——け、警察に知らせるのは、一日だけ待ってください）

つい四十分ほど前、香子はそう言って浦島に待ったをかけた。

（私、ＣＥＯの連絡先を知っているんです。まず、私に確かめさせてもらえませんか）

その時は、バトラーに直接問い質すつもりでいた。仮に浦島の調査したことが真実でも、絶対に何か理由があるはずだし、確認すれば全てが誤解だと分かるはずだ。

でも、帰りの地下鉄に揺られている内に、そんな自信も頼りなく揺らいできた。

最初からあった違和感は、セオがいきなり「お母様」と言って抱きついてきたことだ。

母親のメイユィは、セオを産んですぐに亡くなったという。つまりセオは、母親の顔を写真でしか知らないのだ。

なのにセオは、車の窓越しに見ただけの他人を、母親だと誤認して抱きついてきた。同じ車には父親も同乗していたのに、確かめることさえせずに。

まだ五歳の子供だからと思って流してきた疑問だが、セオが実年齢より遙かに賢いことは、もう香子にも分かっている。

例えばセオの振る舞いは、どこを取っても「理想的な五歳の子供」だ。人形のような可愛らしさや無邪気さで、大人を操ろうとするあざとささえ感じられる。

ただ、それを一概に悪いことだとは思えない。香子もセオと同じだったからだ。複雑な状況下に置かれた子供は、無意識に自分を守ろうとするものだから。

それでも、最初から父親と謀って香子を欺すつもりでいたのなら話は別だ。

そういえばあの時もそうだった。いきなり二人が家に押しかけてきて、香子が断る口実を探していた時、

(お父様、僕もう、眠たいです)

その後、セオは続けさまに尿意を訴え、追い出すに追い出せない状況に持ち込んだのだ。

「………」

あれほど賢しい子が、母親の死を理解していないなんてあり得ない。

いや、そもそもメイユィとは本当に実在する人物だったのだろうか?

似ている似ているといいながら、バトラーは彼女の写真を一度も香子に見せてくれない。

「お母様……?」

はっと気づけば、セオが不安そうな目で見上げている。

香子は急いで笑顔を作ると、その手をそっと——心の中では、誤って触れた熱いものから手を引くような素早さで——振り解いた。

「ごめんね、ちょっと二階で着替えてくる。だから上がってこないでね」

「少し早いけど夕飯にする?」

セオを抱き上げながら、バトラーが言った。

「もう準備はできてるんだ。後は香菜を入れるだけだよ」

「着替えてきますね」

香子は馬鹿みたいに同じことを言って、彼の顔を見ないままで二階に駆け上がった。

二階の空き部屋には、彼らの荷物が収めてある。免許証かパスポートを見れば答えはすぐに分かるだろう。むろん大事なものだから、彼が身に着けている可能性もあるが。

「………」

確かめたい気持ちと、このまま最後まで欺されていたい気持ちがない交ぜになって、香子は扉の前で動けなくなった。

それだけでなく、心臓が徐々に重苦しくなり、得体の知れない不安が胸の奥底から這い上がってくる。

それはバトラーへの不審に加え、今から入ろうとする部屋への苦手意識からくるものだ。

二階の空き部屋――元々ここは、亡くなった伯母が使っていた部屋である。

この家に来た十一歳の時から、香子は二階にある伯母の部屋が苦手だった。

自分を嫌っていた彼女の気持ちを思うと足を踏み入れる気になれず、ずっと存在を忘れたふりで放置していたのだ。

それでも兄が家を出ていき、香子が一人で暮らすことになった時、ようやく重い腰を上げて伯母の遺品の整理に取りかかった。……それで……それから……。

「香子、スマホが鳴ってるよ」

階下でバトラーの声がして、呆然と立っていた香子ははっとして我に返った。

「あ、ごめんなさい。後でかけ直すから、放っておいてください」

声を返してから、急いで扉のドアノブに手をかける。

今、何か、すごく嫌なことを思い出しかけた気がした。なんだかすごく怖いことを。

気を取り直して扉を開けると、中から爽やかな風が溢れ出してきた。見れば窓が開け放たれ、カーテンが風にそよいでいる。

室内に積み上げてあった化粧箱はなくなっていたが、二人のスーツケースはそのままの形で置かれている。

黒色で大きなサイズはバトラーのものだろう。しっかりと鍵がかかっており、暗証番号がなければ開かないようになっている。

一方、いかにも子供向けサイズのチャコール色のものは、荷物を整理していた最中なのか、薄く開いた開口部から衣服の一部がはみ出している。セオのパジャマだ。

香子は、どこか拍子抜けした気持ちでスーツケースの前に膝をついた。

バトラーの荷物を確認できないと分かったことで、張り詰めた気持ちが切れてしまったのかもしれない。

——……そうよ。馬鹿なことを考えずに、ウィルと話をしてみよう。

よしんば浦島の調査が正しかったとしても、絶対に何か理由があるはずだ。

直してあげるつもりでセオのスーツケースに手をかけると、その弾みで開口部が大きく開いた。よほど目一杯に詰めていたのか、服や絵本、玩具などが溢れ出る。

どうやらセオは父親と違い、整理整頓が苦手のようだ。苦笑しながら床に落ちた本を拾い上げると、ページの隙間から四角い紙切れが落ちてきた。

写真だった。裏返って落ちた白面に、マジックで文字が書き付けてある。

【詩夏、暁】

「……しなつ、あかつき……?」

首を傾げて表に返した写真には、若い女性と、その腕に抱かれた赤ん坊が写っていた。

女優といっても通じるような美貌の女性だ。緩やかに波打つ黒髪と黒々とした大きな瞳。抜けるような色白の肌。

赤ん坊は母親によく似たつぶらな瞳を持っている。決してはっきりとした面影があるわけではないが、何故だか直感的にこの子はセオだと確信した。

もう一度写真を裏返す。詩夏、暁。詩夏は中国の女性によくある名前で、中国読みでシーシァ。暁はシャオ。

セオの名前はセオドア・シー・バトラー。

こくりと唾を飲み込んで、香子はそれが挟み込まれていた本を手に取った。中国の児童書だが対象年齢は五歳より上だ。裏表紙の内側に、綺麗な筆跡で中国語が記されている。

〈致我親愛的暁暁　母送〉

シャオシャオへ愛を込めて、母より。

「…………」

中国では、親しい相手の名を重ねて呼ぶ。暁なら暁暁《シャオシャオ》、詩夏なら詩詩《シーシー》。香子なら——

ひどく混乱した気持ちのまま、香子は本を放り出して逃げるように部屋を飛び出した。

どうしていいか分からずに一階に下りると、バトラーとセオの声が庭から聞こえてくる。

「ほら、シャベルはこっちに片付けなさい。次に使う人が困るだろう?」

「はーい」

どこか遠くでひぐらしの鳴く声がする。

温かなオレンジに包まれた梅雨明けの夕暮れ。庭ではしゃぐセオと、その頭を撫でているバトラー。

その情景を、どんな感情で見ていいか分からない香子は、ただ呆然と窓辺に立ったままでいた。笑っていたバトラーが、ふと香子に気づいて振り返る。

「ごめん、セオが庭の土を掘り返して遊んでいたんだ。片付けてから夕食にするよ」

立ち尽くす香子の頭の中は、まだ、今見た写真で埋め尽くされている。

あの赤ん坊はセオだ。そして一緒に映っていた女性はセオを産んだ母親だ。

おそらくセオの名は暁からきている。そしてミドルネームのシーは詩夏から取っている。

メイユィは本当の名前ではないとバトラーが言っていたから、母親の名前が詩夏であっても矛盾はない。でも、ひとつだけはっきりした矛盾がある。

詩夏は――香子と少しも似ていない。

(その時に撮ったお母様のお写真がいっぱいあって、だから僕、ひと目でお母様が分かったんです)

あれも……全部、嘘……?

信じられない。五歳の子供が、あんなにきらきらしたあどけない目で……。

「お父様、これ、どうしたらいいですか」

そのセオの声がした。セオは、草木の影にしゃがみ込み、地面に置かれた何かを指差している。傍らに立つバトラーが、香子の方を振り返った。

「――香子、実は午前中の雨が激しくて、紫陽花が倒れてしまったんだ」

彼が何を言っているのか、数秒意味が分からなかった。

「根がすっかりだめになっていたから、セオと一緒に掘り起こして別の花を植えておいたよ。その時、土の中からこんなものが出てきてね」

屈み込んだ彼が、長方形の缶容器を持ち上げた。それは、三リットルタッパーほどの大きさで、黒のビニールテープで周囲をぐるぐる巻きにしてある。

「以前、この家にいた人が埋めたものかな。ちょっと気味が悪いんでこのままにしているんだが、どうしようか」

香子は目を見開いた。その刹那、自分の中になんの感情が溢れたのか分からない。

頭の中で、様々な情景が瞬いては消えていく。

土砂降りの雨、倒れた紫陽花と黒い土、床に散った新聞の切り抜き。

不意に自分を覆っていた殻が壊れ、何かの情景の一部が鮮明に蘇った。

思い出した――私が、イタリアに行った理由。

気づけば靴も履かずに彼の前に立ち、その缶容器を奪い取っていた。

「……何が、目的なんですか」

驚いたように、バトラーが喉を上下させる。

「香子？」

香子は彼の手を払いのけ、後ずさりながら声を張り上げた。

「何が目的で、嘘までついて私に近づいたんですか。もしかしてうちの兄が警官だから？あなた、兄が追っている犯罪者なんですか？」

バトラーが表情を強張らせ、セオが怯えた目でバトラーにしがみつく。自分が子供を怖がらせているという事実が香子の心をかき乱し、理性の歯止めを効かせなくさせた。

「……出ていって」

「香子、……話を聞いてくれないか」

「出ていって！　これ以上、私の中に入ってこないで！」

彼が言葉をのみ、打ちのめされた顔になる。

香子は苦しさで、息もできなくなった。

違う。私に彼を責める資格なんてない。私の方が、彼よりもっと深い罪を負っている。

それだけじゃない。たとえ彼らが詐欺師でも犯罪者でも、憎んだり恨んだりすることはもうできない。

取り返しがつかないほど、二人のことを好きになってしまったから。——

香子の頬を、ぽろぽろと涙が伝った。

「……ば、はれてますから、もう。私の上司が……あなたが、ウィリアム・リー・バトラーとは別人だって……その証拠も……」

ふっと目の前が暗くなる。よろめいて壁にすがった途端、バトラーが駆け寄ってきた。

「……来ないで」

香子は彼を拒んだが、足から力が抜けていくのに抗えず、ずるずるとしゃがみこんだ。こんな時に貧血だ。今日はずっと忙しくて、結局お昼を抜いてしまったせいだ。

「もういい、香子、分かったから部屋で休もう」

香子を支えようとする彼を押し戻しながら、香子は虚ろに首を横に振った。

そんな猶予はない。これ以上、彼らはここにいてはいけない。

「い……今すぐセオと日本を出て、逃げてください。警察が来る前に、早く……」

◇

夢を、見ている。

水の中を泳ぐように、今、過去を泳いでいる。

あれは兄が家を出た翌月、大学三年生の五月の終わりのことだった。

一人になった香子は、放置していた伯母の部屋をようやく片付けることにした。

（伯母さんは和裁が好きで、お洒落な服を沢山作っていたからな。気に入ったものがあれば香子がもらってやってくれ）

兄には悪いが、とてもそんな呑気な気持ちにはなれなかった。

兄にとって伯母はいい人でも、香子には違う。伯母は、自身の病気を理由に香子の引き取りを拒否したが、本当の理由が別にあることは分かっていた。

香子が、秋月家の実子ではないからだ。

面と向かって言われたことはないが、父の葬儀で耳にした会話や施設の人たちの噂話で、それらの事実は少しずつ香子の中に蓄積されていった。

（香子ちゃん、犯罪被害者の遺族なんですって。どんな事件か知らないけど、家族が犯罪に巻き込まれて全員死んじゃったそうよ）

（うわ、物騒。亡くなった秋月さんも、よくそんな子を引き取ったね？）

（そりゃ秋月さんも、奥様をそういう形で亡くしたからじゃない？　ほら、例の――――）

小学生になった香子は、施設のパソコンを使って自分と母の名前を検索してみた。

自分に関する事件は分からなかったが、「そういう形で亡くした」という母が死亡した事件はすぐに出てきた。

それは、いわゆる通り魔事件だった。

事件が起きたのは、父の以前の赴任地であるS県のショッピングセンター。

被害者は買い物をしていた主婦と学生の三人で、犯人は精神疾患のある無職の男。学生二人は軽傷だったが、母は助からなかった。

噂話が本当なら、香子が秋月家に引き取られたのはその後だろう。

母を殺された父が、そのタイミングで香子を養子にした理由は想像するしかないが、それがなんであれ、父の姉だった伯母は猛反対したに違いない。

伯母は徹底的に香子の存在を無視し、父の死後は絶対に会おうとしなかった。

そんな伯母の遺品整理は、香子にはかなり憂鬱なミッションだが、兄が家を出てしまった以上、やれる人間は自分しかいない。

気持ちを前向きに切り替え、香子はその日、ようやく部屋の片付けに取りかかった。

ついでに庭の花を植え替えることにしたのは、それについても兄に頼まれていたからだ。

(紫陽花は恋愛運を吸い取る花とも言うからな。伯母さんも、この花のせいで結婚できなかったと嘆いていたよ。——俺が出ていったら、お前の手で植え替えてやってくれ)

その日は一日中忙しく働いた。午前中は庭の紫陽花を掘り起こし、暑くなってきてから伯母の部屋の掃除を始めた。

奇妙な缶を見つけたのは、クローゼットの天袋を片付けていた時だ。

それは、裁縫道具の入った段ボールの底にあり、黒いテープで何重にも巻かれていた。

不審に思いながらテープを剝がして蓋を外すと、中には新聞の切り抜きがぎっしりと詰まっている。

見た瞬間心臓が凍りついた。切り抜きは、全て母が殺された事件の記事だったからだ。

事件の概要は、あれから何度もネットで調べたから、香子もあらかた記憶している。

犯人は後藤次郎《ごとうじろう》という無職の男で、客を次々と殺傷した後、ショッピングモールの最上階から飛び降りて自殺した。出産したばかりの妻を病気で亡くしたことで心を病み、精神科への入退院を繰り返していたという。

こんなものを缶に収め、あたかも隠すような形で天袋に収めていた伯母に、なんとも言えない薄気味悪さが込み上げてくる。

急いで元通りに蓋を閉めようとした時、缶の底に茶封筒が収められていることに気がついた。持ち上げるとずしりと重く、宛先はここの住所になっている。そして裏面には調査会社の社名と住所。

ひどく不吉な予感に囚われた香子は、少しためらってからその封筒を開いてみた。

出てきたのは、調査報告書の冊子と戸籍謄本の写し。そして数枚の古い写真。

香子は顔を強張らせたまま、それらを一つ一つ、手に取って見ていった。

いつの間にか部屋は暗く翳り、外は雨が降り出していた。

その日、香子はようやく知ったのだった。

何故伯母が、死ぬまで香子と顔を合わせようとしなかったのか。

何故五歳の香子を一人施設に置いて、兄だけを引き取ったのか。――

◇

「……目、覚めた？」

雨の音――ぼんやりと薄目を開いた香子の前に、湯気の立つカップが差し出された。

「――、菫さん？」

香子は驚いて半身を起こした。目の前に菫がいて、微笑んでこちらを見つめている。

黒のブラウスにセピアのパンツ。ドクターコートを着ていない菫を見るのは久しぶりだ。

「どうして……」

香子は呆然と呟いた。自分の部屋だ。外は暗く、土砂降りの雨が屋根と窓を叩いている。

「頼まれたのよ、彼氏さんに」

いたずらっぽく笑った菫は、パソコン用デスクの椅子に座って足を組んだ。

「先日、香子ちゃんがうちの病院に来てくれた時、保険証を確認し忘れててね。それでスマホに電話したんだけど、二度目で彼氏が出て、医者ならすぐ家に来てくれって」

「あ……」

ちょうど香子が二階にいた時だ。一階のバトラーから、スマホに電話がかかっていると告げられた。あれは菫だったのだ。

「てか、水くさいなぁ。ＣＥＯと上手くいったなら連絡のひとつくらい寄越しなさいよ」

「……、な、名乗ったんですか？　彼」

「ＳＤ・Ｉｎｃ．のウィリアム・リー・バトラーさんでしょ？　迎えの車が外に待ってるからって、状況だけ伝えて去って行ったけど、すごく心配していたわよ」

庭先で倒れた後、彼に抱き上げられて二階に運ばれたのを覚えている。

（昊然、セオを連れて先に空港に向かってくれ。僕は後から合流する）

（できるだけ急いでください。ヤンとドンメイをこちらに向かわせます）

耳に入ってきた慌ただしい会話は、急いで日本を出て行く犯罪者集団みたいだった。

いや、彼がなんらかの犯罪に関わっていることはもう確実だ。最初は八時に出発すると言っていたのに、まだ五時にもならない内に急いで家を出て行ったのだから。

不意に屋根を叩く雨音が激しくなる。香子はぼんやりと天井を見上げた。

きっとこの雨音が呼び水となって、あの夜の出来事を夢で見せてくれたのだ。

「香子ちゃんのスマホ、充電切れだったから充電器につないでおいたわよ。それと――悪いけど見ちゃった、これ」

彼女の視線の先には、パソコンデスクに置かれた例の缶容器がある。

その蓋が開いているのが分かり、香子は思わず顔を強張らせた。

「ごめん。でもそれが庭から出てきたって聞いて、私には見る権利があると思ったんだ」

──見る権利……？

菫は、少し微笑んで首を傾げた。

「五年前、突然香子ちゃんがいなくなった時、一体何がきっかけで本当のお父さんのことを知ったんだろうって、ずっと不思議に思ってたから」

ドクンッと心臓が高鳴った。

「龍平は、今でも私がチクったって思い込んでるけどね」

目を見張った香子の脳裏に、夢で聞いた二人の口論が蘇る。

(なんで香子に話したんだ、誰がそんな勝手な真似をしろと言った)

(龍平、聞いて、香子ちゃんはもう大人なのよ)

いや、あれは夢じゃない。眠っている香子の枕元で、二人が交わした会話だったのだ。

「……す、菫さんは、いつから知ってたんですか、私が……本当は」

そこで言葉が途切れ、布団の上に置いた手が震えた。

「大学生の時かなぁ。入院中の伯母さんと龍平が口論しているのを、お見舞いに行った時に偶然聞いちゃったのよね」

菫は、自分のカップを取り上げて唇につけた。

「その時はさすがにびっくりしたよ。龍平のお母さんがそんな亡くなり方をしていたのも、離れて暮らしている妹さんのことも知らなかったから」

「…………」

「香子ちゃんには何の罪もないって、龍平、泣きながら伯母さんに訴えてた。伯母さんも泣いてたわよ。分かっていても、犯人の娘だと思うとどうしても受け入れられないって」

香子は口を押さえ、ただ睫を震わせた。

「もう、余命宣告されてたみたいでね。私が死んだら香子を引き取って、財産も分けてやってくれって。……悪い人じゃなかった、とても優しい人だったよ」

激情が込み上げてきて、しばらく言葉が出なくなる。

両手で顔を覆ってしゃくりあげる香子の背中を、菫は優しく撫でてくれた。

「……お、お父さんは、どうして……」

調査会社の封筒に入っていた戸籍謄本の写しは、母を殺害した後藤次郎のものだった。

香子と同じ名前、同じ生年月日の後藤の娘は、生まれて約一年後に、秋月省吾《しょうご》——香子の戸籍上の父親と養子縁組を結んでいる。

つまり父は、妻を殺した男の娘を養子にしたのだ。

「……人が、絶望を乗り越えていく方法なんて、人それぞれだから」

香子の気持ちを察したように、優しい声で菫が続けた。

「傍から見たらあり得なくても、お父さんにとっては、前に進むために必要なステップだったんだと思うよ。だから余計に香子ちゃんが可哀想だって、龍平は怒ってたけど」

「……、お兄ちゃんが？」

「過去から離れて生きる権利を、親父が自分のエゴで奪ったんだって。……だからなんだろうね。龍平がすごく……すごく香子ちゃんを大切にしているのは」

うつむいた菫の横顔に、時折彼女が見せる諦念にも似た影が揺らいでいる。菫は、すぐに苦笑でそれを打ち消すと、手元のスマホを取り上げた。

「——五年前、五月の終わり頃だったかな。突然龍平から電話がかかってきて、香子ちゃんが行方不明になったって知らされたの。その時に送られてきた画像がこれ」

スマホには、ＳＮＳのチャット欄をスクリーンショットしたものが映されている。

【しばらく旅に出てきます】

【これまでありがとう、何も知らなくて本当にごめんさい】

差出人のアイコンに見覚えがあった。香子自身が昔使っていたアカウントだ。

以前のスマホは五年前になくし、パスワードも忘れてしまったため、結果として使うことも削除することもできなくなったアカウントである。

「龍平の奴、最初から私が父親のことを話したんだろうって決めつけてきてね。こっちもカチンときて大喧嘩よ。——で、その後、預かってた鍵で家の様子を見に行ったの。すぐにおかしいと思ったわ。だって香子ちゃん、梅雨前には紫陽花を抜いて別の花を植えるって言ってたのに、紫陽花をまた埋め直したような跡が残っていたから」

香子は黙って喉を鳴らした。

「で、それから数日後にまた龍平から電話があって――」

再び菫が見せたスマホには、六月中旬に香子が兄宛に発信したメッセージが映っていた。

【ごめんなさい、当分日本に戻れない】

【どうしても助けたい人たちがいるの】

【落ち着いたら必ず連絡するので探さないで】

「……助けたい、人たち……？」

香子は困惑して眉をひそめた。家を飛び出した理由は思い出せても、これを打った時の気持ちや状況は思い出せない。まるで他人が作った文章を読んでいるようだ。

「そっか、そこはまだ思い出せないんだ」

菫は苦笑し、スマホを自分の方に引き戻した。

「じゃ、私から話せるのはここまでかな。後は龍平に会って聞くといいよ」

「……、お兄ちゃんに？」

「本当に知りたいと思うならね。私も詳しい事情は知らないし、肝心なことは教えてもらってないから。でも、イタリアで事故に遭ったっていうのは龍平のついた大嘘よ」

目を見張る香子を、菫は少し気の毒そうな目で見てから、言った。

「そんなの、病院だったり警察だったりで調べれば、簡単に分かることだと思うけどね。いくら龍平が口止めしても、香子ちゃん本人のことなんだから」

表情を険しくさせたままで黙っていると、ぽん、と頭を軽く叩かれる。

「香子ちゃんはさ、思い出したくなかったんだよ」

心の、ひどく脆い場所を突かれた気がした。

「それが自分の出生のことなのか、異国で大怪我を負った時のことなのかは分からないけど、きっと無意識に、思い出せないことに安心していたんだと思うよ」

少し笑うと、菫は空になったカップを持って立ち上がった。

「じゃ、顔色もよさそうだし私は帰るわ。よかったら、バトラーさんに電話してあげて」

「――っ、待って」

香子はベッドから足を下ろし、立ち上がった菫の腕を掴んだ。

「……わ、私……こ、子供を産んでるってことはないですか」

菫がぽかんと口を開ける。その反応で心の底からよく分かった。というより私、なんだって今の流れで、こんなことを聞いちゃったんだろう。

多分、さっきの菫の言葉で、ほんのわずかに期待を抱いてしまったのだ。自分がメイユィである可能性――過去に彼と出会っていた可能性を。

「い、いえ……なんでもないので、今の言葉は忘れてください」

しばらく何かを考えるような目になった菫は、ややあって少し険しい表情で口を開いた。

「ごめん、なんとなく質問の意味が分かっちゃった。香子ちゃんは子供産んでないよ。出産歴があるとないとじゃ子宮が全然違うから——それはともかく、バトラーさんと香子ちゃんが過去に出会っていた可能性は、結構高いと思ってる」

——え……？

「本当のことを言うと、最初からそんな気がしていたの。あんな大胆な形で香子ちゃんに接近して、香子ちゃんがそれを少しも嫌がっていなかったから。それに中国語——」

そこで口をつぐんだ菫が、数秒、言葉に迷うように眉根を寄せる。

「……ごめん。言わないつもりだったけど、言うわ。実は香子ちゃんが入院していた時、一度、龍平が中国語で電話しているのを聞いたことがあるの。意味は分からなかったけど、すごい剣幕でこう繰り返してた。香子死了……香子ちゃんは死んだって」

「……私が、死んだ？」

「最後は日本語で、二度とかけてくるな」

言葉を切った菫は、呆然とする香子を見つめ、申し訳なさそうな目で微笑した。

「私が知っていることは本当に半端で、これ以上はかえって聞かない方がいいと思う。ただ、龍平が電話の相手を隠してるのは、嫉妬以上の理由が絶対にあると思うよ」

「……、嫉妬？」

変に喉に絡んだ声が出た。

「龍平が家を出た理由、本当に香子ちゃんは分かってなかった？」

菫は苦笑いをすると、香子をそっと抱き締めた。

「昔から知らないふりをするのがうまいからなぁ、香子ちゃんは」


玄関先で菫を見送った香子は、しばらく扉の前に立ち尽くしたままでいた。

視界の端で、雨に打たれた庭の草花が頭を垂れている。傘を差して庭に出た香子は、紫陽花の代わりに植えられた紫色の花の前で足を止めた。

ラベンダーだ。茎の先に多数の小花が集まり、いくつもの花穂を作っている。

「…………」

五年前のあの日――伯母の部屋で出生の秘密を知ってしまった日。雨も小降りになった明け方、香子は缶を持ったまま庭に出た。

この缶を、とにかく目の届かない場所に隠してしまいたかった。捨てることはできないし、香子がそれをすることは許されない。でも、二度と自分の視界に入れたくない。

その時、昨日掘り起こした紫陽花の植跡が目についた。その穴をさらに掘って缶を埋め、紫陽花を元通りに植え直したのは、殆ど衝動的にしたことだ。

水を吸い、運気を吸い取るという紫陽花が、缶に込められた伯母の怨念を吸い取ってくればいいとでも思ったのかもしれない。

それから家を出て、当てどもなく東京の街をうろついた。

もうあの家には帰れない。優しかった父や写真でしか知らない母の笑顔が、胸を苦しく締めつける。亡くなった伯母を誰より苦しめていたのは自分の存在だった。その罪を、どう贖えばいいのだろうか。——

ぼんやりと歩いていた香子は、偶然行き着いた美術館にふらりと足を踏み入れた。雨がまた降り始めたので、多分雨宿りでもするつもりだったのだろう。

平日の美術館は人気もなくがらんとして、無料の常設展示場には名作のレプリカが多数展示されていた。

その時まで半ば死んだように歩いていた香子の足が、ある作品の前でふと止まった。

それは、若い女性が男の亡骸を抱きかかえている彫像だった。

石に刻まれた女性の表情に、心を射貫かれたように動けなくなった。

ミケランジェロのピエタ像。

若い女性は聖母マリアで、彼女が抱いている男は磔刑されたイエス・キリストだ。

憐れみとも慈悲ともつかぬ、全てを愛で包み込むような厳かな微笑——何故だかマリアのその表情に、亡くなった母と父の顔が重なった。

イタリアに行こうと思い立ったのは、その彫像がきっかけだ。本物のピエタ像はバチカン市国のサン・ピエトロ大聖堂にある。その時の香子は、なんでもいいから生きる理由が欲しかったのだ。

美術館を出てから先のことは、まだ何も思い出せない。

ただ、缶と共に過去を掘り起こされた衝撃が過ぎた今、ひどく落ち着いた気持ちになっているのは、イタリアで何かを経験し、何かを得たからのようにも思う。――

再び家に入った香子は、その何かの残滓を求めるようにリビングに足を踏み入れた。

リビングは綺麗に片付けられ、昨日までの喧噪は何ひとつ残されていなかった。

(こら、セオ、食事の前には手を洗いなさい)

(マーマ、僕、ママの隣がいいです)

今は、静まり返った薄暗い室内に、雨の音だけが響いている。

しばらくその場に立ち尽くした香子は、ほのかに漂う香辛料の香りに誘われるように、灯りの落ちたキッチンに入っていった。

照明を点けると、初めて目にするステンレス製の鍋がコンロにかけられている。

(早く帰っておいで、今夜は君の好きな鍋を作るよ)

溢れそうな感情をのみこんで蓋を開けると、中は波形の仕切りで二つに分けられており、白と赤の二種類のスープが入っていた。

――鴛鴦火鍋《ユエンヤンフオグウオ》……。

中華風の鍋料理で、紅湯《ホンタン》と呼ばれる麻辣《マーラー》スープと白湯《バイタン》と呼ばれる塩味の豚骨スープに、肉や野菜、漢方などを入れて煮ながら食べるものだ。

(この鍋の仕切りは、太極図の陰陽を見立てているんだ)

何故だか、バトラーの優しい声が頭に蘇った。

(鴛鴦火鍋は、陰と陽、男と女が鴛鴦《おしどり》のようにいつも一緒にいることを意味している。僕の家では、これを結婚の祝いに食べるんだよ)

不意に雨音が轟音のように激しくなる。香子は思わず、自分の耳を手で覆っていた。

今のは何？　いつ聞いた話？

そもそもこんな奇妙な形態の鍋なんて、これまで食べたことがない。

なのに、どうして私はその名称を知っていて、こんなにも胸が苦しいんだろう。

急いで鍋の蓋を閉めた香子は、水を飲もうと冷蔵庫を開けた。が、そこにあるものを見て、再び動けなくなっていた。

今朝、バトラーが作ってくれた弁当が、ピンクのキルトに包まれた状態で入っている。

今日一日、あまりに忙しくて食べられなかった。鞄に入れて持ち帰ったものを、彼が冷蔵庫に収めてくれたのだろう。

香子に罵られた彼が、その後どんな気持ちで弁当箱を収めてくれたのかと思うと、胸がかきむしられるように苦しくなる。

冷蔵庫には、彼が淹れてくれた茉莉花茶がポットに入ったままになっていた。

セオがスーパーで買ったプリンも残されている。

「…………」

香子は、気持ちを無理やり切り替えてペットボトルの水を取り出すと、弁当箱を持ってダイニングテーブルに戻った。

（いただきます）

セオの可愛らしい声が幻聴のように頭をよぎったが、何も考えないようにして弁当の包みを解く。彼へのせめてのお詫びに、傷む前に全部食べてしまうつもりだった。

弁当箱は二段重ねになっていた。上段には点心や肉団子、野菜炒め、卵焼きなどが彩りよく詰められている。それを持ち上げた香子は、下段にあるものを見て目を見張った。

パンダだ。白米の上に切り貼りした海苔で可愛らしいパンダが描かれている。

「え、なんでパンダ？　なんでキャラ弁……？」

緊張が解けて笑いが零れそうになった。

お昼を抜いて本当によかった。こんなものを職場で開いて同僚に見られたら、どんな噂が立つか分からない。

ていうか、一体朝からどんな顔をして作ったんだろう。もしかしてセオにお弁当を作るのと同じノリだったとか？　本当に勘弁して欲しい。

ぽつんっと涙がパンダの耳に落ちた。

「……ウィル」

どうしよう、苦しくて寂しくて心が引き裂かれそうだ。

本当は、ウィルが詐欺師でも泥棒でも構わなかった。たとえ何か目的があって自分に近づいてきたのだとしても。

彼の心に別の誰かがいたとしても――いや、もう自分は心のどこかで確信しているのだ。

私が、私こそが彼の探しているメイユィだと。

ただ、それを裏付けるものが何もない。何より香子自身が、彼のことを思い出せない。

「マーマ」

――セオ……。

「マーマ、泣かないでください」

やけに生々しい幻聴に、余計に涙が溢れて止まらない。膝に置かれた小さな手も……。

「……手？」

顔を上げた香子は、涙がこぼれ落ちるのも忘れてぽかんとした。

椅子に座る香子の傍らで、セオが心配そうにこちらを見上げている。

幻でなく本物だ、セオが目の前に立っている。

「ごめんなさい。僕、どうしてもお母様に謝りたくて、一人で戻ってきたんです」

とんでもないことを言ったセオの双眸が、次の瞬間、みるみる水の底に沈んだ。糸が切れたように泣き出したセオを、香子は混乱しながら抱き寄せた。しがみついてきた子供の身体は雨で濡れ、すっかり冷えてしまっている。

「セオ、どうしたの、一体何があったの？」

「……僕、お、お父様に知って欲しくて」

泣きじゃくりながらセオが言った。

「僕が……もう、知ってるって」

——何を……？

「お、お父様に気づいてもらいたくて、わざとスーツケースをぐちゃぐちゃにしていたんです。でないとお父様が、いつまでもお母様に本当のことをお話しできないから」

セオは、涙で濡れた顔を上げた。

「でも、お母様が先にあれを見たんですよね？」

「あれ……？」

「僕の、本当のお母様のお写真です」

「…………」

その時、家の電話機が着信音を鳴らした。

ディスプレイに表示された〈非通知〉の文字を見た香子は、もしかしてバトラーかもしれないと思った。香子のスマホは二階に置きっ放しになっている。

「――セオ、お父様は、セオがここにいるって知ってるの？」

「……っ、知らないです。僕、空港からこっそりタクシーに乗って戻ってきたんです。そしたらお母様がお庭に出てきたので、その間におうちに入りました」

なんてことだろう。ウィルがどれだけ心配しているかと思うと、目眩がしそうだ。

セオは賢いと思っていた。多分、年齢よりは遙かに賢い。でも、しょせんは五歳の、判断力が乏しい子供なのだ。

香子は、セオを抱き上げて電話の側まで行くと、受話器を取った。

『香子か、俺だ』

「――お兄ちゃん？」

はーっと電話の向こうで、龍平が長い息を吐くのが分かった。

『スマホにかけても出ないから心配した。――警察は？　もうそっちに誰か着いたか？』

「……え？　警察？」

香子が不審な声を上げると、軽い舌打ちと苛立ったようなため息が聞こえた。

『くそっ、まだ照会に手こずってんのか』

「け、警察ってどういう」

『もう説明している暇がない。いいか、今すぐ家を出て、セキュリティの高いホテルに身を隠すんだ。着いたらすぐに俺に連絡しろ。番号は――』

「待って、そんなんじゃ分からない。今、一体どこにいるの？」

『飛行機だ、あと一時間もすれば東京に着く。――香子、浦島さんを信用するな』

――え……？

『こうなったのは、あの人を信じすぎた俺のせいだ。――いいな、浦島さんに何を言われても耳を貸すんじゃないぞ』

――どういうこと……？

通話の切れた受話器を耳から離した時、今度は玄関のチャイムが鳴った。

「お父様だ！」

セオが香子の腕を振り解いて駆け出そうとしたので、急いでその手を掴んで引き戻す。

警察かもしれないと思ったが、何故、警察が家に来るのかという理由の方が気になった。兄がそこで、浦島の名前を出したことも。

チャイムは二度、三度と鳴った。その後数秒の間があって、金属の擦れ合う音がする。

すーっと身体から血の気が引いた。

誰かが、外から鍵を開けようとしている。それが万が一浦島なら、おそらく造作もないことだ。彼は数年前まで公安警察にいて、兄と同じ潜入捜査についていたのだから。

なんで浦島さんが？　という疑問はあったが、迷っている暇はなかった。

「……セオ、二階の、スーツケースが置いてあった部屋、分かる？」

香子は懸命に自分を奮い立て、できるだけ普段通りの口調でセオに囁いた。

「少しの間、そこのクローゼットに隠れていて。電気は絶対点けちゃだめ。それで、しばらく経っても私が戻らなかったら、私のスマホからお父様に電話してね」

暗証番号を伝え終わると、セオは不安に瞳を震わせながらしがみついてきた。

「絶対に、僕とお父様のところに戻ってきてくれますよね？」

「帰ってくるよ」

香子はセオをしっかりと抱き締めた。何故だか今、迷いもなくこう思っていた。

「だって私、セオのお母さんだから……」

第五章　暗い海に向かって

——衛衛《ウエイウエイ》……。

「衛衛、衛衛……」

雨音に混じって、僕を呼ぶ誰かの声がする。

僕を衛衛と呼ぶのは、とても親しい人という証だ。

(中国では、恋人の名前は重ねて呼ぶんだ。僕は衛だから衛衛。君は香子だから香香《シャンシャン》)

(やだ、それ、日本じゃパンダの名前ですよ)

その時、初めて明るい笑顔を見せてくれた人が——今はとても悲痛な声で、衛衛と繰り返している。

「心配ありません。鎮静剤が切れたら、直に目を覚まされるはずです」

ギィッと扉が開いて、昊然の声がした。ガタッと誰かが立ち上がる気配がする。

「ここはどこですか？　私、彼と待ち合わせをしていただけなのに、どうしてこんな」

香子──。

陽衛は声にならない叫びをあげた。

瞬時に記憶が蘇り、動かない身体を焦燥が灼いた。

どれくらい時間が経ったのかは分からないが、フィレンツェの隠れ家に襲撃があったのは未明のことだ。

すぐに全員があらかじめ決めていた退避行動を取ったが、数秒、その判断が遅かった。サプレッサー付きの銃がくぐもった音を立て、次々と仲間が倒れていく。そんな中、赤ん坊を抱いてセーフルームに駆け込もうとした紅花《ホンファ》が、頭を撃ち抜かれて転倒した。陽衛は、咄嗟に身体を滑り込ませておくるみを庇い、セーフルームに飛び込んで扉を閉めた。しかし胸に抱いた赤ん坊が無事なのを確認した直後、糸が切れたように意識を失った。

あれからどうなったのだろう。昊然が生き残り、自分も助かったのだから、少なくとも襲撃してきた連中はこの世にはいないはずだ。紅花は死んだが、王《ワン》、黄《コウ》、璃茉《リームオ》、宇春《ユーチエン》、冬梅《ドンメイ》、何年も共に過ごした家人《ファミリー》たちは無事だったのか──。

赤ん坊を庇った時に撃たれたのか、背中に強い痛みがある。防弾ベストのおかげで助かったのだろうがおそらく骨か内臓を損傷しているだろう。

「スィニョリーナ、申し訳ありませんが、あなたの経歴を調べさせていただきました」

昊然の声がした。

「お兄様が警察官ですね。公安部外事四課で中国防諜担当。現在、武器密売ルートの捜査のために北京《ペキン》に潜入している。――最初から、目的があって我々に近づいたのですか？」

「……あ、兄は、私がイタリアにいることも知りません」

香子の、ひどく怯えた声がした。

「あなたたちは一体なんですか？　衛は、自分のことを中国からの留学生だって」

「――あなたの言い分を信じたいところですが、我々も今、生きるか死ぬかの瀬戸際にある。ここにいられるのも明日までで、すぐにでもこの国を離れなければなりません」

「誰かに、追われているんですか？」

「ええ、ただし衛様が罪を犯したわけではありません。何故、衛様があなたに本名を教えられたのか……、残念でなりません」

「ううっ」

陽衛は渾身の力を振り絞って声を上げた。

やっと分かった。昊然は、香子を殺すつもりでいる。

襲撃を受けた日、香子とはヴェッキオ橋で会う約束をしていた。その約束を知っていた昊然が、彼女を待ち伏せして拉致し、ここへ連れて来たに違いない。

彼女が、今回の襲撃に関わっているかもしれないと疑ったためだ。そして今は、彼女を殺す決断をしている。彼女の家族が警察官で、しかも陽衛の顔と本名を知ってしまったからだ。

——だめだ、昊然、そんな真似をしたら、僕はお前を許さない。

必死で声を張り上げようとしても、うめき声しか出てこない。

香子は違う。声をかけたのは僕の方だし、名前を教えたのは、彼女が明日、日本に帰ると知ったからだ。最後くらい本当の名前を呼んで欲しいと思ったからだ。

僕が彼女を——とても愛おしいと思ったから。

その時、猫みたいにか細い泣き声が聞こえた。暁暁《シヤオシヤオ》だ。最愛の妹の忘れ形見。

「……この子は？」

不思議そうな香子の声がした。

「暁様です。衛様の妹にあたられる方のご子息です」

「妹さん……？」

「その方は、もうお亡くなりになりました。今は衛様が、この子の唯一の庇護者です」

昊然がこうも正直に話すのは、殺す相手に隠す必要がないと思っているからだろう。

香子はしばらくの間無言だった。

やがて衣擦れの音がした。そして、かすかな笑い声。

再び朦朧としてきた意識の底で、陽衛は思わず息をのむ。

——暁暁が……笑っている？

半月前に引き取って以来、泣くか眠るかしか反応を見せなかった暁暁が。

「よしよし、セオ、セオ君、なんて可愛いの」

香子が明るい声を上げ、きゃっきゃっと甘えるような暁の笑い声が聞こえてきた。

セオではなくシャオが正しい発音だが、何故だかその響きが、柔らかく胸に落ちてきた。

どうせ暁という名前は使えない。今、昊然が暁の家族と戸籍を用意しているが、新しい名前はセオにしよう。

セオ——うん、いい名前だ。

「……あの、私も、一緒に行っちゃだめですか」

動けない陽衛同様、昊然が驚きで言葉を失うのが分かった。

「……私……私も、誰かに助けられて生きてきたから」

彼女が今、泣いていることが陽衛には分かった。

「事情はよく分からないけど、この子も一緒に逃げないといけないんですよね？　だったら男二人と赤ちゃんなんて不自然です。私が、この子の母親としてついていきます」

彼女を初めて見たのは、サン・ピエトロ大聖堂のピエタ像の前だ。

像の前に立ちすくんでいた彼女は、そこで微動だにしないまま、静かな涙を流していた。

事情を聞いたのは、三度目に二人で会った夜のことだ。彼女を育てた家族から、妻であり母である人を奪ったのが彼女の実の父親であったと――。

（……私、日本に帰ったら、人を助ける仕事をしたいと思ってるんです。誰かの救いになることで、私自身も救われるような気がするから）

彼女は今、あの時の言葉を実行しようとしている。

「――行先はスイスです。そこに衛様の新しい家と戸籍がある」

陽衛は愕然とした。昊然の気持ちは、香子を連れて行く方向に傾いている。

「ただし、あなたは名前も家族も捨てなければならない。二度と日本に戻ることはできません。それでも、衛様と一緒に行きますか」

しばらくの間、雨音だけが静かな室内に響いていた。

やがて香子が呟いた。同時に、自分の手が彼女の温かな手に包まれるのが分かった。

「美雨《メイユイ》……」

「きれいでしょう？　彼がつけてくれた、私の新しい名前です」

◇

霧のような雨が、夜の港に降り注いでいる。

出航を間近に控えたコンテナ船の乗船口では、先ほどから忙しなく人が行き来していた。

トリコロールカラーの船体は百二十メートル、総トン数は七千四百、TEU《積載能力》は六百三十。

コンテナ船としては中型だ。所有は中国の商社星光《シングオン》グループ。三日前からこのO埠頭に停泊し、今夜、青島《チンタオ》港に向けて出航する。

陽衛は、港内に停めた車からその船を見つめていた。腕のスマートウォッチで点滅する赤マークは、先ほどからずっとこの船の位置を示している。

その時、ホルダーに立てかけてあったスマホが光を放った。

『――衛様、今、公園でセオ様を確保しました』

思わず長い息を吐く陽衛の耳に、セオの声が聞こえてくる。

『――お母様は？』

「大丈夫だ。セオのおかげで居場所が分かった。今、みんなで助けに向かっているよ」

堰を切ったようにセオの泣き声が車内に響いた。

『お、お母様は、僕を守るために男の人と出ていったんです。僕……、僕が……』

「本当に大丈夫だ。必ずお母様を連れて帰るから安心して待っていなさい」

陽衛は励ますように言って、港に伸びた船体の影を見つめた。

セオがいなくなったことに気づいたのは、空港で搭乗手続きをしていた時だった。

トイレに行くと言って冬梅の目を逃れ、そのまま外に出てしまったらしい。セオにはG

PS発信器を常に持たせているが、その電源も切っていた。

ずっと思い詰めた顔をしていたから、様子がおかしいとは思っていた。なのに話を聞かずに冬梅に任せたのは陽衛の過ちだ。

誘拐の可能性も考えなくてはならなかったが、日本の警察を頼ることはできない。

(私の上司が……あなたが、ウィリアム・リー・バトラーとは別人だって……)

あれは浦島の警告——もしくは宣戦布告だ。香子を介して僕に伝えたということは、すぐに香子の元から立ち去れという意味だ。

陽衛自身はともかく、セオやファミリーのことを考えると、その警告に従わない選択はない。万が一日本で身柄を拘束されれば、中国に強制送還されてしまうからだ。

今日、浦島の身に起きたことは、昊然を通じて報告を受けていた。

自ら不正経理に手を染めていたことを告白し、会社を辞めた。妻子もその日の内に実家に帰し、本人はホテルにこもっているようだ——と。

PTSの不正経理については、来日前には情報を摑んでいた。というより、その時のターゲットは香子を不当に貶めた宮迫で、浦島はそのついでに網に引っかかったにすぎない。

ただ、証拠は抑えていたが、リークについては決心がつきかねていた。

浦島が関わっていたからだ。

あの男を初めて見たのは五年前、龍永号《ロンヨン》が沈む直前のことだ。

ＰＴＳの会議室で浦島を見た時、陽衛は初めてあの時の男が生きていたこと――そして日本人であることを知ったのだ。

五年前も今も浦島の目的は知らないし、深入りするつもりもない。元公安なら、少なくとも香子にとっては味方だろう。

そんな男の些細な犯罪をリークして、陽衛の素性を炙り出されては本末転倒だ。

しかし浦島は、自ら破滅へと舵を切った。

その動機や目的は分からないが、香子を通じて警告してきた以上、当然浦島は、香子と陽衛の関係――香子が龍永号に乗っていたことも知っているはずだ。

そこで連絡すべき相手は、陽衛には一人しかいなかった。

およそ四年前に一度だけ電話で話した男――「香子は死んだ、二度と連絡してくるな」と陽衛に吐き捨てた秋月龍平である。

むろん激怒されるのは覚悟の上だった。日本にいることを知られた以上、一秒でも早く出国しなければならないことも分かっていた。

そうして向かった空港で見失ったセオは、姿を消しておよそ一時間後に、香子のスマホを使って電話をかけてきた。

動揺で声は震えていたが、話の内容は明瞭で、状況は十分に理解できた。

セオが香子の家にたどり着いたおよそ十分後に、解錠して家に侵入した人物がいた。セオが聞いたのは男の声。香子と短い会話を交わした後、二人で出ていったという。

衝撃と後悔で、しばらく何も考えられなかった。

秋月龍平は、すぐに警察を家に向かわせると言ったが間に合わなかったのだ。

馬鹿だった。どんな危険があったとしても、彼女の傍を離れるべきではなかった。

唯一の希望は、セオが自身のGPS発信器を香子のポケットに入れたことである。

(お母様と別れ際、僕、ようやく発信器のことを思い出して、急いでポケットに入れたんです。それでお母様の居所が分かりますか?)

セオの機転は、けれど上手く作用しなかった。位置情報を示すマークは秋月家から動かず、一分足らずで消えてしまったのだ。

おそらく、浦島に気づかれて破壊されたか、遮断ケースにでも入れられたのだろう。

セオのGPSは特殊な材質でできていて、形状も、一見してそれと分からないようになっている。が、元公安警察官の目は誤魔化せなかったに違いない。

ひとまずセオには、先日行った公園に身を隠すよう言い、昊然を迎えに行かせた。そして自分を含めた残りの人員で、都内の各港を捜索することにした。

最悪浦島が、国外逃亡する可能性があるためだ。香子はビザを持っていない。とすれば、手段はおのずと海路を使った密航に限られてくる。

しかし今から五分前、一度は消えた位置情報が、再び受信アプリに現れた。

場所はO埠頭。これも何かの運命なのか、一番近くで車を走らせていたのが陽衛だった。

『衛様、絶対に一人で危険な真似をしないでください』

スマホから、再度昊然の声がした。

『香子様の位置情報は秋月龍平にも送りました。あと数分で冬海がそちらに到着します』

分かっている。だから今、じりじりしながら車内でこうして待機している。

一度は消えたGPSの電波が、再び発信されたのはどういう理由からだろうか。

香子が浦島から発信器を取り戻したのか、それとも浦島があえて電波を発信させたのか。

いずれにせよ、再び電波が切れて船が出航したら、香子を探し出すのは不可能になる。

その時、スマートウォッチの画面から、位置情報を示すマークが消えた。

リロードしても、二度とマークは現れない。

「……昊然、これ以降、僕の位置情報を秋月龍平と共有してくれ」

『衛様、いけない！』

遮るように通話を切った陽衛は、スーツの上着を脱いで黒のジャンパーを羽織った。

下はすでに、ストレッチ素材でできた黒のジョガーパンツを身に着けている。

――セオ、これまで話したことはなかったが、お母様は五年前も、セオを助けてくれたんだよ。そして生涯消えない傷を背中に負ったんだ。

今度こそ、僕が香子を助けてみせる。たとえ自分の命と引き換えにしても。

◇

雨の音がする……。

霧雨か時雨のように優しい音。ざざ……、ざざ……。

それは、まるで波音のようにも聞こえる。

「……ここに、君を連れてきたかった」

前を見つめる男の横顔が、ひどく寂しげに呟いた。

ウィル――？　ウィルじゃない。ううん、確かにウィルなんだけど……。

ざざ……ざざざ……。

彼の前髪が揺れている。これは雨ではなく木々を揺らす風の音だ。視界に広がる純白の花畑。白い花びらが風に舞い上がり、雪のようにはらはらと優しく落ちてくる。目に染みるほどの緑と青空。まるで夢のように美しい光景。でも、その輪郭はどこか曖昧にぼやけて滲み、水の底のように揺らいでいる。

「日本に帰ろう」

花びらが一片、そう呟いた彼の黒髪にまとわりつく。

「君をこれ以上、僕らの人生に巻き込めない。こんな生活を、とても続けさせられない」

涙が一筋頰を伝い、その時にようやく気がついた。私が、泣いていることに。この世界を水の底に沈めているのは、最初からずっと、私の涙だったことに。

「何年か経って」

首を振る私の頰を、彼が温かな手で包み込む。

「何年か経って、僕らを取り巻く状況がよくなったら、必ず君を迎えに行く。その時は、どこにでもいる普通の家族みたいに、三人で幸せに暮らせるはずだ」

そんな保証どこにもない。ううん、そんな未来は永遠にこない。

「僕の第一印象は、きっと最悪だっただろうね」

額を押し当てた彼は、少し唇を震わせてから囁いた。

「まるで軽薄な遊び人のように君につきまとい、からかった。君をかけがえのない人だと思うようになってからずっと、あの日のことを後悔していたんだ」

そんなことない。

だとしても、それはあの日の私が、ひどく沈んだ顔をしていたからでしょう?

私を楽しませようとしているのがよく分かったし、それでいて、自分の中に決して私を入れないところが、なんだかとても切なかった。

きっとこの人は、随分前から、人と深く関わらないようにして生きてきた。その寂しさやるせなさが、自分のことのように分かってしまったから。――

「だから次に会う時は、王子様みたいに颯爽と君の前に現れるよ。期待していてくれ」

ねぇ、衛衛。

そんな日が来ると分かっているなら、どうしてあなたは泣いているの？

衛……陽衛、私の太陽、私の月、世界で一番愛しい人。

「香子、僕を許してくれ」

陽衛……。

「君を……愛している」

私も――あなたを……。


ざざ……ざざ……。

薄く目を開けた香子の頬に、一筋の涙が零れた。

「衛……」

深い悲しみで心が引き裂かれそうだった。夢で、過去を追体験しただけだと分かっていても、あの日の切なさと苦しさが昨日のことのように思い起こされる。

一度解けた記憶は、水滴が広がるような不可逆性を持って、次々と新しい過去を露わにしていく。

今、はっきりと思い出した。ウィルは陽衛だ。バチカンのサン・ピエトロ大聖堂で出会い、フィレンツェで逢瀬を重ね、スイスで数ヶ月暮らしたかつての恋人。

彼はイタリアではマッティオと、スイスではクリスと名乗り、二人の時は陽衛だった。

そして、セオは――

「目が覚めた？」

新しい涙が鼻筋を伝うのを感じながら、香子は唇を引き結んで身体を起こした。

後ろ手に縛られた手首が痺れ、額と後頭部にズキズキとした痛みがある。

「ごめん、ちょっと手荒な真似をしちゃったね。苦しかったら手枷を解こうか」

そう言った運転席の浦島が、少し苦笑して振り返った。

窓の外は真っ暗だった。車内ライトの淡い光だけが、後部シートに横たわる香子と、運転席の浦島を照らし出している。

「……い、いいんですか」

思わずそう言ったのは、浦島があまりにいつもの浦島だったからだ。

家に来た時からそうで、玄関に出た香子を前に「やぁ」と笑い、拳銃を突き出した。

その現実感のなさに、思わず「こんな時間に何の用ですか」と聞いてしまったほどだ。

が、車に乗り込んだ途端、浦島の態度は一変した。香子の腕を取って背中側にねじ曲げると、そのまま後部シートに押さえ付けた。

恐怖で声も出せないでいるうちに、腕に刺すような痛みを覚えた。その途端、糸が切れたように意識を失い、たった今、目が覚めたのだ。

——ここ……どこ？

車の中だというのは分かるが、周囲に何があるのか分からない。煙草の臭いと機械油のような不快な臭い、それにかすかな生臭さが混じっている。

キィキィと金属の軋む音。そして波がざわめくような音……。

ガチャッと後部座席の扉が開いて、運転席から移動した浦島が中に入ってくる。

香子は恐怖で身をすくませた。何が怖いといって、今、目の前の男ほど怖いものはない。

浦島は香子の肩を掴んで背中向きにさせると、手首の戒めに手をかけた。

ブツッと音がして、手首から結束バンドが外される。すぐにドア側に身を寄せた香子は、気持ちを懸命に奮い立たせながら浦島を見上げた。

「どうしてなんですか。ど、どうして課長がこんなことを……」

「言わなかったかな。安い給料で命のやりとりをするのにうんざりしたんだ」

それは、警察を辞めた理由を聞いた時の答えで、今聞いたことの答えにはなっていない。

「ちなみに、記憶ってまだ戻ってないんだっけ。うーん、どこから話せばいいのかな。〈天雷〉のことは覚えてる？」

——天雷……。

何故だか、それが陽衛に関わり合いのある組織だと、直感的に理解できた。

「天雷は、日本でいうところの暴力団だよ。薬に密売に人身売買、およそ悪いことならなんでもやる組織だが、別格なのは、要人暗殺を密かに請け負ってきたことだ」

こくりと自分の喉が鳴った。今と同じ説明を、以前どこかで聞いたことがある気がする。

「その天雷に、俺は二十六歳から八年にわたって潜入していた。目的は政府絡みの暗殺に関わる情報収集。で、天雷を清朝時代から率いていたのが、陽《ヤン》家の連中だ」

――陽……家。

「暗殺集団の頭領として絶大な権力を持っていた陽家だが、俺が潜入した時には、すでに追われる立場になっていた。かつて天雷に暗殺を依頼した連中――その後、政治家やステイクホルダーに上り詰めた連中が、秘密を知る陽一族を徹底的に狩り始めたためだ」

初めて耳にする話のはずなのに、何故か香子はその顚末を知っていた。

その連中と別の闇組織が手を組み、陽一族は天雷から追放されたのだ。

「俺がいた八年で、陽家の残党は女子供含め殆どが暗殺され、生き残った数名は名前を変えて世界中に散っていったよ。――その、最後の生き残りが陽衛だ」

黙り込む香子を見つめ、浦島は少しおかしそうな目になった。

「君は知らないだろうが、俺は五年前のあの夜、龍永号に乗っていたんだよ」

龍永号。その船名は、天雷以上に香子の胸を揺さぶった。

「龍永号は天雷が所有する大型貨物船で、マレーシアから出港し、いくつかの港を経て、青島港《チンタオ》に到着する予定になっていた。俺が潜り込んだのは天津港《テンシン》に寄港した時だ。船に、スイスで捕らえた陽衛のファミリーが乗っているという情報を手に入れたのでね」

心臓が、その刹那壊れるんじゃないかと思うほど強い鼓動を立てた。

「……陽衛の、ファミリー？」

「陽衛を生まれた時から守護している連中だよ」

かすかに笑った浦島は、ポケットから取り出した煙草に火を点けた。

「陽衛は、陽家最後の直系男子だ。なのに跡を継がせたくなかった父親が、生まれてすぐにイギリスに移住させた。そこから陽衛は、いくつもの名前と国を渡り歩きながら、政府や組織の追跡を逃れ続けてきた。だから、天雷の幹部ですら陽衛の顔を知らないんだ」

「な……名前を変えるって、ウィリアム・リー・バトラーと名乗っていたみたいに？」

香子がかろうじて質問を返したのは、後ろに回した手がドアハンドルに触れたからだ。

今、浦島は話に夢中になっている。今なら、車から外に逃げられるかもしれない。

「ウィリアム・リー・バトラーは少し違う。奴は実在の人物で、俺の見立てでは陽衛のファミリーだ。元々アメリカ人に買われた無国籍児だったが、それを陽衛が庇護し、金と教育を与えて仲間にした。陽衛を支えるクリーンな資金源にするためで、そういったファミリーは世界中に存在しているはずだ」

「……、じゃあ、セオドア君、は？」

「今言ったバトラーの養子だよ。おそらくどこかで拾ってきた孤児で、養子縁組は陽衛の意向だろう。いずれはバトラーの跡を継がせ、新たな資金源にするためだ」

違う。――と香子は心の中で反論した。

セオは、陽衛の妹の忘れ形見だ。つまり陽家の血を引いている。

ようやく分かった。その事実は浦島のような元公安警察でさえ摑んでおらず、陽衛はそのことをセオ本人にもひた隠しにしているのだ。

でも、セオは知っていた。母の形見をどこかで見つけ、それを大切に所持していた。

（お、お父様に気づいてもらいたくて、スーツケースをわざとぐちゃぐちゃにしていたんです。でないとお父様が、いつまでもお母様に本当のことをお話しできないから）

あれは、自分が実母を知っているという事実を、陽衛に知らせようとしていたのだ。

おそらく私と、陽衛のために。

「五歳の子供のくせに、陽衛と組んであれだけの芝居ができるんだ。どこの馬の骨か知らないが、将来有望な詐欺師だと思わないか？」

香子は黙っていた。今、痛いほど陽衛の気持ちが分かった。どんな状況になっても、セオの出自だけは、絶対に、誰にも知られてはならないのだ。

「シカゴにいる本物のウィリアム・リー・バトラーは今日付で株を手放し、ＣＥＯを辞任したそうだ。――元々そういう筋書きだったのかな。俺が余計なことをしなければ、陽衛は君を連れて、まんまと国外に逃げられていたかもしれないね」

何も言えない香子を薄く笑って見つめると、浦島は煙草の煙を吐き出した。

「五年前……天津で乗船してすぐに、俺は船内の様子が普通でないことに気がついた。やけにものものしく、乗組員全員が武装している。一等船室を覗いて驚いたよ。そこには、天雷の幹部が全員顔を揃えていたんだ」

頷きながら、香子は必死に指先でドアハンドルを摑もうとした。

「理由はすぐに分かったよ。なんと陽衛本人が、捕らえたファミリーの女と自分の身柄を交換したいと言ってきたそうなんだ」

「………」

「女はただのファミリーではなく、恋人だというのがそれで分かった。長年身内にすら顔を隠していた陽衛が姿を見せるとあって、幹部連中も色めき立ったというわけだ。むろん殺害が前提だが、その前に陽家が知る秘密を聞き出そうとでも思ったんだろう」

さすがに動揺で指が震えた。詳細は思い出せないが、拉致された女とは、多分私だ。

五年前、船の事故で妻を失ったと陽衛は言っていた。その船が龍永号で、そこに私も陽衛も乗っていたのだ。

「陽衛は、膠州湾《コウシユウ》の沖合に停泊した龍永号に、ヘリコプターで乗船した。が、その直後に起きた爆発で船は大破、火災を起こしてあっという間に海に沈んだよ。――陽家の血を引く者はそれで全員死に絶えて、天雷という組織もその時に終わったんだ」

つまり、陽衛も私も、その時死んだと見なされたことになる。

ずっと張り詰めていた香子の心に、その刹那一筋の希望が柔らかく差し込んだ。では彼は、その後望んでいた普通の暮らしを手に入れたのだろうか。

いいや、今は再び目の前の男に、正体を知られてしまっている。

ドアはいつまでも開けられる状態だったが、香子は質問を続けることにした。こんな真似をする浦島の意図を探らないことには、逃げたところで陽衛になんの警告もできない。

「……ふ、船は、どうして爆発したんですか」

「龍永号の船底には、禁輸した化学薬品が大量に積み込んであったんだ。そこに、爆発物が仕掛けられていたんじゃないかといわれている」

「……、なんで」

「さぁね。ヘリが着船するタイミングで爆発したから、陽衛を確実に殺すためだろうけど、同時に天雷そのものを潰す目的があったのかもしれない。俺は海に飛び込んで助かったが、炎上したヘリ周辺と客室にいた連中は、全員逃げられずに亡くなったよ」

「…………」

「俺が泳ぎ着いた近くの海岸にも、沢山の遺体が流れ着いていた。でもそこに唯一、救命筏に身体を固定された生存者がいてね。それが、君だったんだ」

さすがに香子は息をのんだ。

「怪我をしていたが、かろうじて息はあり、救命胴衣のポケットにパスポートが入っていた。名前を見て驚いたよ。君が、俺と同じ任務に着いている同僚の妹だったから」

もちろんすぐに龍平に連絡したよ。——と、煙を吐き出しながら浦島は続けた。

「君が何故あの船に乗っていたのか、当時は俺にも龍平にも分からなかった。龍平はひどく動揺してね。ことの経緯を自分で調べるから、それまで君のことは黙っていてくれと懇願された。——否やはなかったよ。その時にはもう、警察は辞めるつもりでいたからね」

言葉を切った浦島は、新しい煙草を咥えて火を点けた。

「でも、日本に帰国した後、なんとなく君のことが気になってね。調べてみると、君は中国からソウルの民間病院に転院し、十二月に都内の病院に再転院していた。奇妙に思ったのは、その費用だ。海外は保険が利かない上に君は昏睡状態だ。飛行機での移送費を含めると必要経費は億をくだらない。その費用を、龍平に捻出できたはずがない」

思わず顔を上げた香子を見つめ、浦島は正解——という目になった。

「そう、その時初めて、君が龍永号で死んだはずの陽衛の恋人で、陽衛がどこかで生きていることが分かったんだよ」

その瞬間、香子の手が反射的にドアハンドルを引き、扉が開いた。

が、香子が転がるように外に出ても、浦島は平然と後部座席から見下ろしている。

膝をついて立ち上がった香子は、身を翻して逃げようとした。が、その途端にギィッと大きな音がして、身体がぐらりと斜めに揺れた。

ようやく香子は、血の気が引くような思いで理解した。ここは屋内だ。床も天井も全て鉄の壁で覆われている。周囲には果てしない車の列。鉄とオイルと生臭い潮の臭い。

ざざざ……と、夢で聞いた風の音がした。風じゃない。これは——波の音だ。

「ここはコンテナ船の船底で、周りにあるのは全て盗難車だよ」

浦島の声は、香子には死刑宣告のように聞こえた。

「それだけで、上にいる乗組員に助けを求めても無駄だというのが分かるかな。ちなみに、君が眠っている間に随分沖に出てしまったから、泳いで戻るのは不可能だよ」

車から降りた浦島は、膝をつく香子の腕を摑んで引き起こした。

「乗組員は全員中国の窃盗団で、もし見つかったら、どんな目に遭わされるか分からない。目的地に着くまで俺から離れない方が得策だよ」

平然と微笑する浦島を、香子は自分とは別の生き物を見るような気持ちで見た。

「逃亡資金なら十分にある。もちろん不正経理を主導したのは俺だよ。なにしろマネーロンダリングの仕組みなら、その辺の銀行家より詳しいからね」

浦島はそこで言葉を切ると、香子を前向きにさせて、車のボンネットに押しつけた。

香子は恐怖で息をのんだ。軽く腕をねじられているだけなのに、身動きが取れない。

「ああそうだ。君が眠っている間に妻から電話があったんで、ちょうどいい機会だから白状したよ。実は秋月さんと不倫していて、今から彼女と一緒に逃げるって」

――何を、言ってるの……？

「きっと会社の連中も納得するよ。君は、僕と一番仲が良くて、横領の手助けもしていた。だから一緒に失踪したんだろうってね」

呆然とする香子の脳裏に、今日会社で見聞きした様々な出来事が蘇る。

確かにそうだ。今みたいな状況で香子が行方をくらましたら、周囲がどんな判断をくだすかなど考えるまでもない。

その時、浦島が自身のポケットを探ったので、香子は反射的に、彼が何かしようとしていると気がついた。多分あれだ。家から連れ出された時も、今と同じ体勢で腕に何かを注射された。きっと同じ真似をして、香子を眠らせようとしているのだ。

「……っ、どうして、私を連れて行くんですか」

「ん？　そりゃあ君が、陽衛をおびき出す囮になるからだよ」

「どうして彼を？　浦島さんはもう警察じゃないし、彼だってもう」

「俺はね、ずっと陽衛が俺を殺しに来ると思っていたんだ」

――え……？

「奴が生きていると確信した時から、君をうまく使って、逆に奴を殺す機会を作れないかと考えていた。それで龍平に、妹さんを就職させるならＰＴＳにしないかと勧めたんだ」

浦島の手が、自身の胸ポケットから何かを取り出す気配がする。香子は身体を反転させようとしたが、途端に頭を手で摑まれ、ボンネットに側頭部を押しつけられた。

「でも陽衛は現れない。それで人口の少ない地方に君を連れて行こうと思ったんだ。宮迫君は俺の意向通り、仕事上のミスを理由に、俺と君を転勤させようとしてくれたよ」

そういうことか。それであの懲罰委員会の時、浦島は妙に落ち着き払っていたのだ。

「なんとも皮肉な話だよ。そのきっかけになったバトラーがまさか陽衛本人だったとは」

そこで肘を思いっきり背後に引いたのは、宮迫の名前が出たことで護身術研修を思い出したせいかもしれない。

不意を突かれたのか、肘はきれいに浦島のみぞおちに入り、同時に身体を押さえ付けていた力がわずかに緩んだ。

「――助けて！」

みすみす陽衛を危険にさらすことになるのなら、まだ窃盗団に捕まった方がいい。

が、自由になったのは一瞬で、すぐに背後から肩を摑まれ、勢いよく床に突き倒される。

それでも這って逃げようとした次の瞬間、ドンッドンッと凄まじい音が耳をつんざいた。

撃たれた――と思ったと同時に、耳鳴りがして目の前が真っ暗になった。

一瞬だった。痛くもない。こんなにあっけなく人って死ぬんだ——。

その時だった。

暗い視界の前を大きな影が横切り、二匹の獣じみた塊がもつれ合って地面に転がった。

黒のキャップを被った黒服の男が、倒れた浦島にのしかかり、腕で首を圧迫している。

顔を歪めた浦島は、もがきながらも反撃し、手にした拳銃で男の顔面を殴りつける。その弾みで男のキャップが空に飛び、香子は声にならない悲鳴を上げた。

陽衛だった。切れた額から血を迸らせた彼は、香子を見ないままに声を上げた。

「車の中に隠れていろ!」

その陽衛の顔めがけ、立ち上がった浦島が膝蹴りを入れる。が、すれすれで身をかわした陽衛は、背後に跳躍して膝をついた。そこに浦島が銃口を向ける。

「死ね!」

発射された弾丸は、陽衛の髪を掠めてレクサスのタイヤを撃ち抜いた。重心を崩したレクサスが隣のベンツに激突する。浦島は続け様に引き金を引き、床の鉄板で火花が散った。

香子はその場に座り込んだままでいた。先ほどとは比べものにならない衝撃音の連続に、全身が痺れたように動かない。

ただその音との違いで、最初に聞いた二発の轟音が、銃声でないことが分かった。

おそらくそれは爆竹か何かで、陽衛が浦島の気を引くために用い、注意が逸れた瞬間に飛びかかったのだ。

「一人か、どうしてここが分かった」

浦島が声を張り上げている。陽衛は、無数に並ぶ車の影に身を潜めているのか、姿が見えない。浦島は拳銃を構え、視線を油断なく巡らせながら言葉を継いだ。

「自分で墓穴を掘ったな、陽衛。青島には俺の仲間がいるし、今、ここに警察を呼べば、お前の不法入国が明らかになる」

香子は、自分も息を殺すようにして車の影に身を隠し、浦島の声と靴音を聞いていた。

「そうなればお前は中国に強制送還され、洗いざらい吐くまで拷問にかけられる。釈放されたところで、今度は、かつて陽家に暗殺を依頼した連中がお前を殺そうとするだろう。どのみち、お前は中国じゃ生きられないんだ」

——そんな……。

焦燥が込み上げ、思わず膝を立てていた。その一瞬の気配を察したのか、さっと視線を走らせた浦島が、拳銃を香子に向ける。

身をすくませた瞬間、車の影から飛び出した陽衛が、浦島の腕に組み付いた。弾丸が柱の鉄骨に当たり、鋭い音を立てる。

「香子！」

陽衛の声で、弾かれたように立ち上がった香子は、頭を下げて車列の間に走り込んだ。

片っ端から車のドアに手をかけ、開いた扉の中に潜り込む。それは車高の高いランドクルーザーで、屈み込んでいれば外から見つけるのは難しそうだった。

盗難車とはこういうものなのか、車にはキーが差しっぱなしになっている。香子は膝で這うようにして運転席に移動し、車内の窓を少し開けた。

「せっかくだから、最初の質問に答えるよ」

すぐに陽衛の声が聞こえてきた。車体の影にでも身を隠しているのか、フロントガラスから外を窺う香子の視界には、数台前の車の前に立つ浦島しか見えない。

居場所が知られるリスクがあるのに陽衛が喋っているのは、あえて浦島の注意を自分に引きつけようとしているのだろう。

「香子のポケットに、玩具のワッペンが入っていただろう。あれがGPSだというのは分かったはずだ。君はそれを、電波遮断ポーチにでも入れたんじゃないか?」

そんなものがポケットに入っていたとは知らない香子は、戸惑って自分のパンツのポケットに手をやった。浦島の返事はない。

「あれは特殊な素材でできていて、平らなものに自然と吸着して離れなくなるんだ。電波遮断ポーチに、君は私物も入れていたんじゃないか？　僕の勘だがそれはスマホで、君はそれを、船に着いた時に一度取り出したんじゃないか？」

（君が眠っている間に妻から電話があったんで、ちょうどいい機会だから白状したよ）

あの時だ。はっと香子は目を見張った。家族三人のプリクラが貼ってあった浦島のスマホ。きっとあのスマホに、今陽衛が口にしたGPSが貼り付いていたのだ。

「もうひとつ、次の指摘にも答えておくよ。今、僕が着けているスマートウォッチの位置情報は、秋月龍平と共有している。つまり、端から僕の動きは警察に筒抜けなんだ」

それには香子が、心臓が凍りつくような気持ちになった。

「現在、警視庁の要請を受けて、第三管区海上保安本部の小型巡視船とヘリが、この海域に向かっている。僕ではなく、現役警察官の家族を誘拐した君を逮捕するためだ」

「……ま、これだけ騒いでも誰一人降りて来ないから、おかしいとは思っていたよ」

息詰まるような沈黙の後、場違いに冷静な、この状況を嘲るような浦島の声がした。

「つまり上にいる乗組員は、全員お前が殺ったのか。さすがは人殺し集団の元締めだな」

「……、締め落としたが、殺してはいない。それに僕は、人を殺したことはない」

「陽家の末裔が優しすぎて虫も殺せないとでも？　じゃ、今だって何もできやしないな」

「大切な人を守るためには、自分の手を汚さなければならない時もある」

「それは俺だって同じだよ」

声と同時に、浦島が視線と腕を下に向け、立て続けに数発の銃声が響いた。香子は息をのんだが、陽衛が出てくる気配はない。

「今、何をしたと思う？　ここいらの車のガソリンタンクを撃ったんだ。この辺りがガソリンの海になって、それが気化するまでにお前が言うところの応援が来るかな」

香子は思わず顔を上げた。薄く開けた窓から濃厚なガソリンの臭いが漂ってくる。

もしガソリンが気化すれば、小さな火花でも引火して一気に燃え上がる。

「教えてやるが、俺の経験上、日本の警察はそんなに早く動かない。しかも龍平みたいな下っ端の使い捨てのために、公安の上層部が潜入捜査員の身分を明かすと思うか？」

その通りだと、震えるような気持ちで香子は思った。今さらのように、兄からかかってきた最後の電話を思い出す。あの時点で、兄はもう警察に救助要請を出していたのだ。

「俺にはったりは通じない。出てこい陽衛、それとも女もろとも焼け死ぬか！」

ドクンと心臓が強く鳴った。陽衛は出てくる。そして浦島は過たずに彼を撃つだろう。

「五つだけ数えてやる。それまでに出てこないと、」

「やめろ！　そんなことをすれば君だって死ぬんだぞ！」

「構わない。お前をここで殺しさえすれば、俺はどうなっても構わないんだ」

さすがに意味が分からなかった。まさか浦島は、自分も死ぬつもりでいるのだろうか。

(――俺はね、ずっと陽衛が俺を殺しに来ると思っていたんだ)

あの言葉だって謎のままだ。でも、それを考えている時間はない。

「五……、四……、」

警備員の新人研修で習ったが、気化したガソリンは爆発的に燃焼する。小さな火や静電気、離れた場所からでも引火することがある。

気化に要する温度はマイナス四十度以上、所要時間は温度にもよる。

幸い船内の温度は低いが、それでも、いずれは気化したガソリンが床面に広がっていくだろう。もしその状態で海保の巡視船が追い着いて、武装警官が乗船しようものなら、ほんのわずかなきっかけで船全体が爆発炎上する可能性もある。

「三……二……」

香子は運転席に座ってシートベルトを着けた。浦島は、香子の乗るランドクルーザーから二台の車を挟んだ正面に立っている。陽衛の声がする方に意識を集中しているせいか、こちらに全く注意を向けていない。

加減する余裕も技術もない。万が一浦島が死ねばその罪は全て自分が背負うことになる。

様々な思いが頭を駆け巡ったが、多分時間にすればほんの数秒だった。

大切な人を守るためには、自分の手を汚さなければならない時もある。

香子はエンジンをかけ、思い切りアクセルを踏み込んだ。音に気づいた浦島がこちらを振り向いた時には、急発進した車が前のセダンに激突していた。

衝撃でランドクルーザーのボンネットが跳ね上がり、目の前でエアバッグが開いた。肩にシートベルトが食い込み、前のめりになった頭がエアバッグに弾かれる。

同時に、タイヤが金属を擦る嫌な音がして、前のセダンが、その前の四駆車に激突した。

四駆車の前には浦島がいる。金属がへしゃげるような音が続け様にして、最後に恐ろしい静寂がやってきた。

エアバッグに挟まれた香子は身動きがとれず、ただ胸で息をしていた。窓の外には白い煙が立ち込め、ガソリンの強い臭いがする。

「——香子！」

運転席の扉が開いて、陽衛の声がした。すぐに腕を掴まれ、エアバッグとシートの間から引きずり出される。

「う、浦島さんは」

「柱と車の間に挟まれている。怪我はひどいが死ぬほどじゃない。拳銃を奪ったから、もう何もできないよ」

浦島が立っていた場所では、ボンネットが潰れた四駆車の無残な姿が見えている。本当に生きているのだろうかと思ったが、陽衛の顔を見た途端何も言えなくなった。

彼の手は震え、香子を見下ろす目には激しい動揺の色がある。額からはなおも流血し、黒いジャンパーの下からのぞくシャツが赤く染まっている。

「怪我は？　頭は打ってないか？　信じられない、なんて無茶なことをするんだ」

「だ、大丈夫です。それより早く……ここを、出ないと」

ここを出て、陽衛をどこか遠くに逃がさないと。

陽衛は何か問いたげに香子を見下ろし、香子もまた彼に伝えたいことがあったが、喉に言葉がつかえたように何も言えなかった。

二人は互いの手を取ると、上の甲板に向かって走り出した。

「昊然、僕だ。今、香子を救出した」

階段を上がりながら、陽衛が右腕のスマートウォッチを口元に近づける。彼の耳にはワイヤレスイヤホンが装着されていて、昊然の声をそこから聞き取っているようだった。

「今からランデブー地点まで移動する。警察の到着まで十分以上猶予がある。大丈夫だ」

その言葉に、香子は思わず口を開いていた。

「兄は、本当にこっちに向かっているんですか」

「本当だ。お兄さんを乗せた海保のヘリと小型巡視船がこちらに向かっている。——君のお兄さんは、浦島さんが思うよりずっと大切にされているようだよ」

ようやくたどり着いた甲板は真っ暗だった。夜の海は凪いで、星が怖いほどよく見える。

「こっちだ」

陽衛に手を引かれ、デッキの手すりから下を覗くと、真っ暗な海にオレンジ色のテントのようなものが浮いていた。

膨張式の救命筏《いかだ》——初めて見るはずなのに、何故だか強い既視感を覚え、香子はその場に立ちすくむ。

「操縦室に入って船を停めた後、先に脱出手段を用意しておいたんだ。念のため、君もこれを身に着けてくれ」

彼がサイドハッチから救命胴衣を取り出して香子に投げる。香子はそれを手にしたまま、迷うような気持ちで立っていた。

陽衛に早く伝えなければならない。あなたを愛している。でも、――でも……。

そんな香子の手から救命胴衣を取り上げると、陽衛は黙って香子に着せてくれた。衣服との間に隙間がないことを念入りに確認し、ベルトをきっちりと締めてくれる。

その所作にも既視感を覚え、香子はわずかに動悸が高まるのを感じた。

五年前の龍永号でも、彼はこうして救命胴衣を着せてくれたのだろうか。

「よ……」

陽衛と呼びたいのに、喉に、何かの感情がつかえたように声が出ない。

陽衛は先ほどから何も言わず、そんな香子をどこか寂しげに見つめている。香子は、自分の睫と唇が自然に震え出すのを感じた。

肩に腕が回され、そっと胸に抱き寄せられる。彼の身体は熱く、触れた首筋から血と潮の匂いがした。

「セオを助けてくれて、ありがとう」

香子は首を横に振り、彼を力一杯抱き締めた。何か口にすると泣いてしまいそうだった。

「……、私、……」

「分かってる」

彼は囁き、香子の髪に指を絡めた。星を宿した波がきらめき、風の音が優しかった。

「救命胴衣を着せたのは本当に念のためだ。僕が船を離れたら、鍵のかかる場所に入ってお兄さんが着くのを待ってくれ」

香子は言葉もなく頷き、溢れそうな涙を必死にのみこんだ。

彼と一緒に行くことはできない。どんな別れ方をするにせよ、その結末だけは最初から決まっていたような気がする。

自分は、兄を捨ててどこにも行けない。そんな不義理は絶対にできない。

「僕の正体は、浦島さんが話した通りだ。君とは旅先で偶然出会い、僕が一方的に好きになった。君はそのせいで、僕の巻き添えになったんだ」

香子は涙を堪えて唇を震わせた。違う、まだ全部を思い出せないけど、そうじゃないことだけは分かる。だって再会する前から、夢で、ずっとあなたに恋していたから。

「ウィリアム・リー・バトラーは僕の友人で、セオの戸籍上の養親だ。セオは妹の忘れ形見だが、どうしても僕の籍に入れるわけにはいかなかった。……あの子には、僕のように逃げ回るのではなく、正々堂々と明るい道を歩いて欲しかったから」

「セオは……そのことを？」

かろうじて微笑んで香子が聞くと、バトラーはかすかに苦笑して首を横に振った。

「僕らはヨーロッパの片田舎で、ウィリアム・リー・バトラーとその息子として、ひっそりと生きてきた。実親のことも、アメリカに養子縁組をした同名の義親がいることも、僕の口からは知らせていない。……でも君の言う通りだ。子供は、知っていて知らないふりをするものなんだね」

「………」

「それでも、来年はセオを学校に入れなくてはならない。いつまでも嘘をつき通せないことは僕にも分かっていた。だから、今回、どうしても日本に来たかったんだ」

彼は笑ったが、唇がわずかに震えていた。

「セオが、君を母親だと信じている間にどうしても君と会わせたかった。……これは僕のエゴで……一度でいいから、もう一度、スイスで過ごしていたような時間を……」

香子は首を横に振りながら、彼の身体を抱き締めた。

「君を欺いていたことを、許してくれ」

声を出してしまえば泣きそうで、ただ、頷くことしかできなかった。

「君に……どうしても僕を思い出して欲しかった。五年前に事故で記憶をなくしたのは、君だ。最初はただ、君と同じ過去を持つ僕に、興味を持って欲しかったんだ」

――陽衛……。

「でも、あの日……ＰＴＳ本社で、元気に動き回る君を車の中から見た時、僕は苦しくて動けなくなった。気持ちが昂って感情を抑えられなくなったんだ。するとセオが一人で車を降りて君の元に駆けていった。――あの子は本当に賢い子だよ」

香子は頷き、溢れそうな涙を懸命に飲み込んだ。

私の方こそ許して欲しい。

三人で過ごした時間は遠い昔に見た夢のようで、ひどく断片的にしか思い出せないけど、あなたが陽衛で、出会った時からあなたに惹かれていたことは覚えている。

でもそれを伝えることはできない。言えば、気持ちが抑えられなくなりそうだから……。

陽衛は香子から身体を離し、少しだけ目元を潤ませて微笑した。

「本物のバトラーをＳＤ・Ｉｎｃ．のＣＥＯに就任させたのは、君との再会を演出するためのちょっとした遊び心だ。色んな人に迷惑をかけてしまったが、後悔はしていないよ」

同じように微笑んだ香子の視界の端で、その時、黒い影が横切った。

「――、香子！」

それが浦島だと分かった刹那、陽衛が香子を突き飛ばした。

立て続けに発射された二発の銃声が凪いだ海を震わせる。膝をついた香子の目の前で、陽衛の身体が激しく揺れ、たたらを踏むように背後によろめいた。

彼は手すりに背中を預ける形で自身を支えたが、そこに次の銃声が鳴り響く。苦痛に歪む彼の目が一瞬だけ香子を捕らえ、そのまま吸い込まれるように背後の闇にのみ込まれていった。

立ち上がった香子は、彼が落ちていった海面に向かって手を伸ばした。

「――陽衛！」

その瞬間、幾千枚の写真が一斉に空を舞うように、過去の情景が蘇った。

五年前――フィレンツェ。約束の場所で彼を待っていたら、突然強面の男が現れたこと。その男が昊然で、有無を言わさず車に乗せられ、隠れ家に連れて行かれたこと。眠る彼と無邪気に笑う赤ん坊を見て、この二人を置いてどこにも行けないと思ったこと。昊然が、遠方のファミリーと連絡を取り合うために姿を消したので、山に囲まれたスイスの小さな家で、三ヶ月の間、彼とセオの三人で暮らしたこと。――美しい緑と澄み切った青い空。彼の笑顔と赤ん坊の甘い匂い。群青色の朝焼けと黄金の夕暮れ。二人が結ばれたのはごく自然のなりゆきで、それでいてずっと前からそうなる運命だったような気がした。

現実とは思えないほど幸福な夜と朝。幸せで――毎日が夢のように幸せで、この日々が終わることを想像しては、声を殺して一人で泣いた。

いつかは日本に、兄の元に帰らなければならない。兄を裏切って自分の幸福を選ぶなん

て、絶対に許されない――

多分陽衛も、そんな香子の気持ちを理解していたのだろう。

ナルシスの花が雪のように降る花畑で、別れを切り出したのは陽衛だった。

その彼に、嘘でも結婚式を挙げたいと頼んだのは香子だ。

最後の夜、二人は代々陽家に伝わる赤い婚礼衣装に身を包み、中国の風習に従った式を挙げた。そう、陽衛が泊まっていたホテルのクローゼットにあったあの衣装だ。

そして、彼が作ってくれた鴛鴦火鍋を二人で――

(鴛鴦火鍋は、陰と陽、男と女が鴛鴦のようにいつも一緒にいることを意味している。僕の家では、これを結婚の祝いに食べるんだよ)

思い出した。全部、全部思い出した。

襲撃を受けたのはその翌日の未明だった。その日は昊然が新しいファミリーと帰ってくる予定で、香子は彼らと入れ替わる形で空港に向かう手筈になっていた。

多分、そのファミリーの中に裏切り者が混じっていたのだろう。

いち早く侵入者の気配を察した陽衛は、まず香子とセオを外に逃がした。こういった場合に備え、二人は裏山の地下室を避難場所にと決めていたのだ。

が、すでに地下室の周辺は人に囲まれ、近づくことさえできない。

追っ手の気配を察した香子は、セオを抱いたまま、無我夢中で山道を駆けた。

走っている間に何度か銃声がしたが、生い茂った木々が逃げる二人を守ってくれた。ようやく見つけた岩肌の洞に、セオを隠したことまでは覚えている。

背中に焼け付くような痛みがあり、自分のシャツが真っ赤だったことも覚えている。それでも、今すぐセオの傍を離れなければいけないと思った。少しでも追っ手を自分に引きつけなければと。——

その後の記憶は曖昧だ。気がついたら倉庫みたいな場所に閉じ込められていたが、自分がどうやって捕まったのかも覚えていない。

飛び交う中国語でここが船の中だというのは分かった。パンと水だけは与えられたが、雑に縫合された背中の傷が化膿して熱を放ち、ただ死を待つだけという感じだった。

そんなある日、いきなり複数の男たちがやってきて、香子は外に連れ出された。

太陽が眩しく、上空では逆光で影になったヘリコプターがホバリングしている。爆音に混じり、大勢の男のはやし立てる声が聞こえてきた。

殺《シャ》、殺《シャ》、殺《シャ》。——殺せ、殺せ、殺せ。

と、突然、海が割れるような轟音がして世界の全てが暗転した。

気がついた時には空は黒煙に包まれ、甲板は悲鳴と怒声で溢れ返っていた。

爆風で飛ばされたのか、香子はへしゃげた船縁の手すりに引っかかるようにして、かろうじて船上に残っていた。何が起きたのか分からなかった。ただ、斜めに傾いだ甲板から、船の中央に立ち上る巨大な火柱が見えた。逃げ惑う人々が次々と海に飛び込んでいたが、その海では、墜落したヘリコプターの残骸が焔を上げて沈もうとしていた。

(――香子、どこだ！)

最初、その声は幻聴としか思えなかった。

黒煙と焔の向こうから、陽衛が駆けてくる。そう、陽衛はいつだって私を助けに来てくれた。自分の命のことなど考えもせずに――

今、その陽衛をのみ込んだ暗い海から、水が弾けるような音が響き渡る。

呆然と手を伸ばす香子を、浦島が強引に手すりから引き離した。

「拳銃が一丁しかないと思い込んだのが、失敗だったな」

香子は涙と怒りで濡れた目を浦島に向けた。浦島の顔は青黒く腫れ、鼻血の跡が筋を引いている。右腕の肘から下は真っ赤で、それを千切ったシャツで止血していた。

浦島は香子の顎に銃口を押し当てると、ためらいもなく引き金を引いた。

が、弾切れなのか、衝撃は何もない。浦島は、軽く舌打ちして拳銃をポケットにねじ込むと、左手で香子の喉を摑み上げた。

止血のためにシャツを引きちぎったのか、左腕の肌が露出している。初めて見た浦島の腕は、その全体がケロイド状に爛れていた。

「入れ墨を消した痕だよ」

香子の視線に気づいたのか、ふと苦笑した浦島が言った。

「天雷に潜入して三年くらいして、日本の警察だと見破られてね。本来ならそこで殺されるところを、二重スパイになることで許されたんだ」

――二重、スパイ……?

「その時、裏切りの証として、両腕と背中に入れ墨を彫られた。薬漬けにされ、日本向けの薬の売人をやらされた。その時の僕の絶望が、君に分かってもらえると助かるよ」

喉を掴む浦島の指に力がこもる。苦しかったが、抵抗すれば一気に絞め殺されそうで、香子はただ睫を震わせた。

「思えばあれは、神が与えてくれた奇跡のようなチャンスだった。天雷の幹部が全員顔を揃え、積み荷は引火しやすい化学薬品――過去を清算するのは今しかなかったんだ」

――何の、話……?

「そうだよ。俺があの船を沈めたんだ」

目を見張る香子を見つめ、浦島はおかしそうに苦笑した。

「タイマーで爆薬を仕掛けた後、用意していた救命筏で脱出した。皆の注意は上空のヘリに向けられている。予め筏を下ろしていた場所を、誰にも見られるはずはなかった。でも、たったひとつだけ見落としていた死角があってね」

「……死角?」

「ヘリだ。上空からは何もかも見えていただろう。双眼鏡を使えば顔だって分かる」

ようやく全ての謎が解けた。そのヘリに乗っていたのは――陽衛だ。

「……見られたから……だから、彼を殺したかったの？」

「龍永号で死んだ連中の仲間が、今でも船を爆破した犯人を捜している。その連中が万が一にも陽衛と接触すれば、俺が犯人だと分かってしまう」

その時、遠くでパラパラという音が聞こえた。ヘリコプターだ。兄が近くまで来ている。

「救命筏は使わせてもらうよ。――ごめんね、どうしても家族だけは守りたかったんだ」

殺されると分かっても動けなかった。様々な思いが頭をよぎる。浦島への怒り、陽衛を失った悲しみ――その中で、何故か浦島のスマホのことが思い起こされた。

家族三人のプリクラが貼ってあった。この自分勝手な男の根底にあったのは、家族を守ることだったのだろうか。――

その時、香子の背後から飛び出した影が、浦島に飛びかかって羽交い締めにした。

陽衛だった。何が起きたのか分からなかった。彼は確かに海に落ちたはずだ――それなのに、どうして。

「しぶとい奴め！」

怒りの形相になった浦島が、拳銃を陽衛の脇腹に押しつける。陽衛は怯まず、浦島を羽交い締めにしたままで手すりを乗り越え、二人はそのまま暗い海に落下した。

時間にして十秒にも満たなかった。立ちすくむ香子の耳に大きな水音が聞こえてくる。震えながら覗き込んだ海面では、ワイヤーにつながれた救命筏が波に揺れていた。ワイヤーには血の跡がべったりと付いている。おそらく陽衛は、落ちたと思わせてワイヤーにすがり、反撃の機会を窺っていたのだ。

ヘリコプターの音が徐々に大きくなり、海面が波立ち始める。

「――陽衛！」

必死に海面に目を凝らすと、何かが筏に泳ぎ着き、何度も滑りながら這い上がっているのが見えた。暗くて、それは黒い塊にしか見えない。その塊は、上半身だけを筏に預けると、そのままの姿勢で動かなくなる。

――陽衛……。

あれは陽衛だ。見えなくても私には分かる。

彼はいつも私を守ってくれた。五年前も、火の中から私を救い出して海に飛び込み、幸運にも波間を漂っていた救命筏を見つけ、そこに私を乗せてくれた。

彼はそのまま力尽き、ゆっくりと筏から押し流された。

身体の動かない私は、オレンジ色のビニールから、彼の手が離れていくのを見つめることしかできなかった。

薄れていく意識の中で、必死に彼の名前を呼んだ。彼を失うなら、いっそ自分が死にたかった。その時に分かった。愛している。私の太陽、私の月。

何があっても二度とあなたの手を離したくない。——

「……衛衛」

香子は呟き、唇を震わせた。

今、眼下では、波が再び彼を筏から押し流そうとしている。

ヘリの音が近くなる。確かランデブー地点と彼は言った。だとしたら昊然が必ず近くにいるはずだ。五年前も、彼はそうやって救われたはずなのだから。

しばらく睨むように海を見つめていた香子は、意を決してワイヤーに手をかけた。

これを伝えば筏まで降りられるだろうか。途中で落ちても、救命胴衣があれば、筏に辿り着けるだろうか。

——お兄ちゃん、ごめんなさい。

私は彼と生きていく。たとえ彼の命が消えていたとしても、彼が愛した命を守って生きていく。

彼がセオに、そしてお父さんが私にそうしてくれたように。

香子は海に向かって降りていった。下へ、下へ。どこまでも下へ。

暗い闇が広がる海に、生まれて初めて明るい日差しに出るような気持ちで降りていった。

エピローグ　美しい雨

「――うそ、帰ってたの？」

その声に、庭先にぼんやりと佇んでいた秋月龍平は振り返った。

散り始めたレンゲツツジの向こうから、ショルダーバッグを肩にかけた菫が目を丸くしてこちらを見ている。

「びっくりした、幽霊かと思っちゃった。どうしたの、いつ日本に戻ってたの？」

六月の夕暮れ、空は黄昏色に染まり、遠くでヒグラシの鳴く声がする。

およそ半年ぶりに顔を合わせた元恋人は、生い茂る草を手で払いながら近づいてきた。

「てか、こんなとこで何してるの？　誰もいないはずの庭に人相の悪いおっさんが立ってるから、泥棒かと思ったじゃない」

「その泥棒が植えた花を見てたんだ」

龍平はぶっきらぼうに言って、紫の花穂を垂らすラベンダーの一群に目をやった。

昨年のこの時期は膝までしかなかったものが、今は腰辺りまで伸びている。

菫は少し驚いたように龍平を見ると、ふっとその目に優しい苦笑を滲ませた。

「ラベンダーは育つのが早いからね。これでも気をつけて剪定してたんだけどな」

「……、もしかして留守の間、うちに来てくれてたのか？」

「鍵、預かりっぱなしだから。家って人が住まなくなると、すぐにダメになるじゃない」

それには礼を言っていいかどうか分からず、龍平は気まずく首を掻いた。

菫と出会ったのは高校生の時だ。同じ理系クラスで席が隣同士。転校したばかりで周囲に馴染めなかった龍平に、彼女はいつも親しく話しかけてくれた。

世話好きで、姉御肌で、誰からも頼られる優等生。何故自分のような男を好きになってくれたのかは謎のままだが、別れてもなお香子の友人でいてくれたことには感謝しかない。

「せっかくだから水やりしましょ。龍平も手伝いなさいよ、元々あんたの家なんだから」

菫は縁台にバッグを置くと、家の裏手からじょうろと軍手を持って来た。

「はい、龍平は草引きね。ほら、あの辺りなんて雑草だらけよ」

あれから一年が過ぎていた。

主をなくした家は、全ての窓が閉め切られ、カーテンと障子で外部から遮断されている。

かつて妹が使っていた部屋を見上げた龍平は、ふと目元に熱いものを感じて顔を背けた。

ただ、香子を守りたいだけだった。

大人の身勝手な感情で、最悪な家族と養子縁組を結ばされてしまった香子を、守ってやりたいだけだった。

一体どうすれば、香子に実の父親のことを隠し通すことができるのか。少年だった頃の龍平は、常にそのことばかりを考えていたような気がする。

秘密を知っているのは父と伯母の二人だけ。後に龍平が伯母の説得に応じて東京に行くことにしたのは、それと引き換えに、香子に真実を伝えないと約束させたためだ。

問題は戸籍だった。香子が結婚する時、戸籍を取ってしまえば全ての過去が露呈する。父親のことは乗り越えられるかもしれないが、被害者遺族の養子になっていたという事実は、香子の心を押し潰してしまうだろう。

どうしたら、それを回避できるのか——どうしたら……。

それから数年後、就職した龍平は満を持して香子を東京に呼び寄せた。警察官をしながら香子の面倒が見られるのか不安だったが、そこは菫がフォローしてくれた。

その頃は、一日も早く菫と結婚するつもりでいた。けれど菫の返事はノーだった。

(——龍平が私と結婚したいのって、香子ちゃんの母親になって欲しいからでしょ？　香子ちゃんのことは好きだけど、そういう動機じゃお断りよ)

多分菫は知っていたのだ。それがどういう感情であったにせよ、龍平の頭には香子のことしかない。全ての行動の指針が、香子の幸せだったことを。

香子が二十歳になる少し前から、菫との間に諍いが絶えなくなった。

(香子ちゃんは、龍平が他人だってことも自分を女として見ていることにも気づいてる。そんな二人が同じ家で暮らしてて、恋人の私が穏やかでいられると思う?)

そんなはずはない。香子が知っているはずはないし、香子をそんな目で見たこともない。

初めて龍平は菫に手を上げ——下ろせなかったが——それが二人に決定的な亀裂を生んだ。

時を同じくして、龍平に公安への異動が命じられた。内々にあった潜入捜査の打診を、少し考えてから了承することにした。

香子に対する感情は家族愛以外のなにものでもない。けれど少年だった頃、自分が取りつかれていたある考えが、時々頭をよぎっていたのは事実だ。

どうしたら香子が戸籍を見る事態を回避できるのか。結婚相手に過去を知られ、傷つく事態を避けられるのか——自分が、香子と結婚すればいいんじゃないか?

そこに運命の変転が訪れた。香子が旅先で行方不明になり、何故か中国の海岸で発見されたのだ。

当時の診断では半年持つかどうか。そんな香子に最高の医療を施し、日本の病院へ転院させることができたのは、「ハオラン」と名乗る謎の人物のおかげだ。

警察官の立場で得体の知れない人物から利益供与を受けるなど許されないが、他に選択肢はなかった。というより、龍永号に香子が乗船していたことを隠蔽した時点で、すでに龍平は警察組織を裏切っていたのだ。

　そのハオランを通じて陽衛から連絡があったのは、香子が意識を取り戻したばかりの頃である。陽衛も長らく病床に伏せっていたらしく、謝罪が遅れたことを丁寧に詫びられた。その時、龍平は初めて知ったのだった。香子が異国で何をして過ごしていたのか。何故、龍永号に乗っていたのか。何故夢を見て、泣きながら目を覚ますのか――

　そして、かつて菫に指摘されたことが、全くの図星だったと自覚した。

再び中国での潜入捜査を志願したのはそのためだ。それは、香子と陽衛を永遠に引き裂いたことへの、ある種の贖罪だったのかもしれない。

「今日、香子の認定死亡の届けを出したよ」

　草を引き抜きながら、ぽつりと龍平は呟いた。

　菫が一瞬、じょうろを持つ手を止めるのが分かる。

　認定死亡とは、水難、火災などの事故が原因で死亡したことが確実だと認められる場合、死体が見つからなくても死亡が認定される戸籍法上の制度のことだ。

「……船が転覆したわけじゃないから、認定死亡は難しいって言ってなかった？」

「半年前、香子の所持品が近くの海岸から見つかっただろ？　それに、逮捕された乗組員の証言もある」

一年前、龍平が海保のヘリでコンテナ船に到着した時、そこには香子も浦島も、陽衛の姿もなかった。

その代わり、中国籍の船員が八名、縛られた状態で倉庫やトイレに閉じ込められていた。その一人が、三人の最後の姿を目撃していたのだ。

その男は、監禁されていた倉庫の窓から、遠目ではあるが甲板の様子を見ていたという。二人の男がもみ合って海に落ち、その後を追うように女も海に落ちた。その前に、三発の銃声を聞いた。

彼らを柔道の絞め技で落とした黒服の男が、ウィリアム・リー・バトラーを名乗っていた人物らしいことを除けば、分かったのはそれだけだった。

船内はくまなく捜査され、船底に積んであった盗難車の中から香子の指紋と毛髪が、床からは浦島の血痕が採取された。また六カ所の銃痕と、同じ数の銃弾も発見された。

さらに浦島の所有する車も発見され、中からドルに替えた現金や偽造パスポート、電波遮断ケースに入れられたスマホなどが見つかった。その車内に香子が監禁されていたことは、防犯カメラや遺留物の鑑定などで明らかになっている。

船底や甲板からは、身元の分からないもう一人の血痕や指紋も見つかった。状況からしてバトラーを詐称した人物のものだと推定されたが、結局、正体は分からずじまいだ。

手配しようにも、現状、その人物はなんの罪も犯していない。

彼がSD社のCEOを騙ったのは間違いない事実のようだが、肝心のSD社も被害を受けたPTSも、そのような事実はないとの一点張りだったからだ。

彼はあの日を境に忽然と姿を消し、以降、二度と姿を見せていない。

浦島の遺体は、それから一週間後に南伊豆《みなみいず》の海岸に流れ着いた。

死因は溺死。右手の袖口に焦げ跡があり、そこからごく微量の鉛が検出されたため、拳銃を撃ったのは浦島であることが確定した。

警察の上層部は、そこで捜査を完全に終了させた。

公安時代、浦島が違法な潜入捜査をしていたことは、上層部なら誰でも知っている。その過去を掘り返したくなかったからだ。

会社の金を横領した男が部下を道連れに無理心中――そんなありきたりな筋書きで、事件は収束したのである。

同じ浜に、女性用のスニーカーとボロボロになったブラウスが打ち上げられたのは半年前のことだ。それは菫が確認し、香子があの夜身に着けていた服だと証言している。

少し曇り始めた空を見上げ、龍平は腰に手を当てて立ち上がった。

「死亡が認められたら、この家は、また俺が相続することになるんだな。そう思うと、なんだか不思議な気分だよ」

「売っちゃうの？」

「……そう思ったけど、しばらく一人で住んでみるのもいいかもな」

菫が不思議そうな顔をする。龍平は、その視線を避けるように泥で汚れた軍手を外した。

「辞めたんだ、警察。香子と浦島さんの件に関しては、誰に何を聞かれてもずっと黙秘してたからな。他にも色々あって、上司に促されて辞表を出した。明日から職探しだよ」

しばらく呆れたように瞬きしていた菫は、やがて苦笑して、再び水やりを再開した。

「じゃ、時々来ちゃおっかな。どうせ龍平に、庭の手入れなんかできやしないだろうし」

「おい――」

「離婚したんだ、私。もう一年近く前のことだけど」

それには、どう答えていいか分からなかった。菫がどんな決断をしようと、自分には関係のない話だ。でも、本当に無関係だと言い切れるのか。

多分菫も、それが分からないから、今ここにいるのかもしれない。

「ラベンダーの花言葉って知ってる?」

「いや」

「幸せが来る」

美しい紫色の花穂を見つめながら、菫は少しだけ目を細めて微笑んだ。

「ねぇ、私、この花を植えた人が誰かなんて、一言でも龍平に言ったっけ?」

「――え?」

「泥棒が植えた花――確かにあの人は香子ちゃんを盗んだ泥棒だけど、花のことは誰に聞いたのかなと思って」

そこで初めて龍平は、自分の失言に気づいて目を見張った。

しまった、これじゃ警察官失格だ。――まぁ、もう辞めてしまったが。

「元気だった、香子ちゃん？」

しばらく無言で、夕風に揺れるラベンダーの一群を見ていた龍平は、やがて息を吐くように苦笑した。

「元気だったよ」

◇

白い花びらが、雪のように空から舞い降りている。

束の間の眠りから目覚めた陽衛は、最初、まだ夢を見ているのかと思った。

空を舞う無数の花雪の中で、夢で見た人が手を広げて微笑んでいる。

風を孕んだ純白のワンピース。天上を見上げる瞳は夜の星のようで、舞い上がる黒髪が、幾万もの光の筋のように彼女の周りで輝きを放っている。

彼女は、夢と同じようにこちらを振り返ると、双眸に陽光のような喜びを宿して駆け寄ってきた。

「陽衛、見て。風が吹いて、花がまるで雪みたいに」

全面ガラス張りのサンルームの下、リクライニングチェアで横になっていた陽衛は、どこか現実感のないままに半身を起こした。

空は鮮やかな珊瑚色で、山々の頂を夕暮れの天上色に染めている。その裾に広がる湖が山と空の映し鏡となり、周囲には一面の緑が広がっていた。

この時期にしか花を咲かせないナルシスが満開で、あちこちに群生する花は、あたかも草原に積もった新雪のようだ。

「……どうしたの？　ぼんやりして」

「いや、ちょっと夢を見ていたんだ」

陽衛は苦笑して、膝をついた香子の頬に手を添えた。

「どんな？」

「……、うん、とても幸せな夢だ」

不思議そうに目を瞬かせた香子が、サンルーフの背面にある石作りの家に視線を向ける。

「眠たいのなら中に入る？　そろそろ風も冷たくなってきたし」

切妻屋根を持つ二階建ての家は、昨秋昊然が用意してくれた家族《ファミリー》の新しい住まいである。

外見は一戸だが、中では母屋と別棟に分かれ、大人数で暮らせるようになっている。

スイス、ティチーノ州。

ここは周囲を三千メートル級の山に囲まれた渓谷だ。

かつてこの地方でセオと香子と暮らした時は、車を一時間走らせなければ人家に辿り着けないほどの山奥に住んでいたが、今は違う。

近辺には別荘や民宿が点在し、十五分も歩けば街に出る。そこで買い物もできるし、食事やお酒を楽しむこともできる。

香子は今、週三で街の教会に通って孤児の世話をしている。時々、この家に孤児を招き、彼女が作る料理を振る舞うこともある。こちらでよく使われるイタリア語もマスターし、中国語も上手になった。別棟に住むファミリーとも、中国語で問題なく会話している。

陽衛は、ここに来て三ヶ月近くを車椅子で過ごした。

ようやく杖なしで歩けるようになったのが一ヶ月前のことで、無理のない範囲でやっていた仕事も、それを機に本格的に再開させた。

陽衛には、世界中に面倒を見なければならないファミリーがいる。自分のファミリーはもちろん、亡くなった両親、妹、それぞれについていたファミリーやその遺族だ。

彼らの生活を支える資金は、陽家の財産を元に世界中で運用されている。

それらは、表向きは独立した会社であり、個人事業主だが、陽衛の支配下にあるという意味では、コングロマリットの形態に近い。

陽衛は今、ファミリーを含めたそれらの組織を緩やかに解体しようとしている。全てを陽の光の下に出し、血塗られた陽家の歴史に終止符を打つ。それが、唯一生き残った自分に課せられた使命だと思っているからだ。

「君がいいなら、もう少しこのまま外にいよう。花の時期もそろそろ終わりだからね」

陽衛はそう言い、香子を抱き寄せて傍らに座らせた。

微笑む香子の双眸は星の輝きを宿したようで、夕焼けに映える薔薇色の頰は、彼女をこの世のものではないほど美しく見せている。

香子が最近、亡くなった妹に似てきたように感じるのは気のせいだろうか。

妹の詩夏は陽衛の二歳下。十歳まで中国で育ち、二十三歳までの人生をイギリスで過ごした。兄妹は年に一度だけ様々な国で落ち合い、互いの近況を語り合う仲だった。

夫は、詩夏のファミリーの一人で詩夏と共に亡くなっている。

詩夏の隠れ家は、セオが生まれて間もなく襲撃を受け、生き残ったファミリーが、セオを連れて陽衛のいるイタリアに逃れてきたのだ。

そこで初めて、陽衛は妹の結婚と出産、そして死を知った。すでに半年も前の出来事で、どれだけ悔やみ嘆いても、もはやどうにもならなかった。

セオと一緒に逃れてきたファミリーは、今は陽衛のファミリーになっている。詩夏の遺品をセオに渡したのはその内の誰かだろう。それを責める気持ちは、陽衛にはない。

むしろ、何年もそのことを胸に秘めていたセオを愛おしく思うほどだ。

いくら記憶を失っていたとはいえ、自分に出産経験がないことは香子にも分かっていたはずだ。その矛盾を、あの時の香子にどう説明していいか分からなかったし、香子も、戻りかけた記憶の中で迷っているように見えた。

そんな二人の葛藤に、セオは敏感に気づいていたのだ。——

「今日はありがとう」

香子の腰を抱き寄せ、風から庇うようにしながら陽衛は囁いた。

「疲れているのに、ごめん。僕の客だから、僕が食事の準備をするつもりだったんだが」

「ううん、私がしたかったの。だって、私が頼んで来てもらったんだし」

二人の傍らのテーブルには、ワイングラスや空になった皿が並んでいる。

つい先ほどまで、ここで一緒に食事をしていた客人がいた。シカゴで投資家をしているウィリアム・李・バトラーだ。

セオの戸籍上の父親であるとは、ファミリーであると同時に、陽衛には同い年の友人だ。

香子がどうしても会いたいというから呼び寄せて、一年前の顛末について語り合った。

（あれは本当に大変だったよ。ＰＴＳとＳＤ社から問い合わせが殺到してね。どう説明しても辻褄が合わないから、日本に行ったのは間違いなく私自身だと言い張った。それで察してくれってね）

（全く陽衛も無茶なことをする。――香子さん、陽衛は王子様みたいに君の前に現れたかったそうだよ。そんな馬鹿げた動機に振り回された周りの身にもなってくれ）

その馬鹿げた動機にもし代償があったとすれば、コンテナ船で撃たれた足に後遺症が残ったくらいだ。筋をだめにしたらしく、歩く時、少し右足を引きずってしまう。

けれど香子は、そんな姿もむしろ粋だと笑ってくれた。

浦島の動機は、あの夜、ワイヤーにしがみついて甲板の会話を聞いていた時に知った。

正直、あまりの馬鹿馬鹿しさに言葉を失うほどだった。

確かに陽衛は六年前のあの日、救命筏で脱出をはかる浦島を目撃している。双眼鏡で顔まで視認したのは、その動きに不穏なものを感じたからだ。

が、浦島の意図とは裏腹に、そこで直感的に危険を悟ったことが陽衛の生死を分けた。

最初の爆発が起きたのは、ヘリを自動操縦に切り替えて脱出を図った直後だ。もし一秒でも判断が遅れていたら、陽衛も香子も船と共に沈んでいたに違いない。

阿鼻叫喚の地獄の中で、後はもう、生き残るために必死だった。

奇跡のように巡り会った香子を抱え、焔と煙から逃げるために海に飛び込んだ。

浮いていた救命筏に泳ぎ着いたのは幸運以外のなにものでもない。逃げようとした誰かが投げたものなのか、それとも爆発に伴って海に投げ出されたものなのか――いずれにせよ、ぐったりとした香子をその筏に押し上げたところまでは覚えている。

気づいた時には、昊然の操縦する小型船の中だった。仰向けになって浮いているところを拾われたらしいが、意識はすぐに混濁した。

ヘリから落下した時に負った怪我は深刻で、それから半年近く生死の境を彷徨った。香子の状態は逐一報告を受けていたが、病床の陽衛には何もできなかった。

秋月龍平に電話したのは、わずかながらに容態が落ち着いてきた頃だ。

そこで香子が亡くなったと聞かされたが、嘘だというのはすぐに分かった。香子の容態については昊然から詳細を知らされているし、「どうやらイタリアに渡る以前からの記憶をなくしているらしい」――ということも、事前に聞いていたからだ。

香子のことは諦めよう。きっとそれが彼女のためだ――一度はそう決心した。

それでももう一度、一度でいいから彼女に会いたいと思うようになったのは、龍永号事件を契機に天雷が解散し、陽衛自身もそこで死んだとみなされたからである。

ウィリアム・リー・バトラーとして穏やかな日々を過ごす内に、今なら香子と夢見た暮らしが送れるのではないか――そう思うようになったからだ。

その間、陽衛が、龍永号から筏で逃亡した男を思い出すことはなかった。

男の目的も所属する組織も不明だが、結果的にあの男がしたことで陽衛は自由になれたのだ。もちろん報復など考えたこともない。

なのに浦島一人が、ずっと陽衛の報復に怯えていた。妻を持ち子を成して、その不安がますます増幅したのだろう。そう思うと、今は憐れみの気持ちしかない。

これは香子が言い出したことだが、浦島の遺族には匿名で資産の一部を送金している。図らずも命を奪ってしまった男へのせめてもの償いだ。

「……いつか、お兄ちゃんや菫さんもここに来てくれたらいいな」

胸に寄り添って囁く彼女の髪を、陽衛は少し微笑んでから優しく撫でた。

「そうだね。いつか、そういう日が来たらいいね」

多分それは、そんなに遠い日ではない気がする。

香子の認定死亡が認められたと聞いたのは先週のことだ。

秋月龍平は、もちろん香子が生きていることを知っている。知っていて、彼女の希望を受け入れる形で認定死亡の届けを出してくれたのだ。

それは香子の未来を陽衛に託すということであり、兄から妹への祝福でもある。——

その時、別棟から昊然が出てきたが、主の気持ちを察したかのように再び屋内に戻っていった。

やがて、空が濃い夕焼けに包まれ、それがゆっくりと群青色に変わっていく。

二人はいつまでも寄り添ったまま、沈みゆく太陽を見つめていた。

◇

テーブルランプの幻想的な灯りが、寝室を淡く照らし出している。

「……どうしたの？　改まって話がしたいなんて」

室内に入った香子は、グラスを載せたトレーをサイドテーブルに置いた。

二つ並んだベッドの内、自分用のベッドに腰を下ろすと、オレンジとチェリーを浮かべたホットワインのグラスを陽衛に手渡す。

「ありがとう」

微笑む陽衛は、同じように自身のベッドに腰掛けていたが、一口飲んだホットワインをトレーに置くと、自分の膝を軽く叩いた。

「こっちに来ないか」

少しドキッとしたが、立ち上がった香子は彼の腿におずおずと腰を下ろした。

体重をかけ過ぎないよう彼の首に両腕を回すと、そっと腰を抱き寄せて支えてくれる。

「……足、大丈夫なの？」

「全然。君は僕を心配し過ぎだ。むしろ君の方が、前より痩せたような気がするよ」

だって——という言葉をのみ込み、香子は陽衛の肩に頬を預けた。

彼の体調や足については、どれだけ大丈夫と言われても不安が消えることはない。

なにしろ、一時は切断も覚悟するほどの重傷だったのだ。彼が普通に歩いている姿を見ると、今でも泣いてしまいそうになる。

（――これじゃ、君に何があっても前みたいに颯爽と助けにいけないな）

車椅子が手放せなかった頃、苦笑してそう言う彼に、香子は心の中でこう答えていた。

もうそんな助けは必要ない。これからは、私があなたを支えて生きていく。

言葉を覚え、異国で生きる術を身につけて、いざという時は私があなたを、そしてセオとファミリーを守ってみせる。

その覚悟は、彼が健康を取り戻した今でも変わっていない。

「……夕方、僕は夢を見ていたと言ったね」

思い詰めたような彼の声に、香子はわずかに緊張して頷いた。夕食の後、寝る前に話がしたいと言われた時と同じように、胸に不安が込み上げてくる。

彼が健康を取り戻すに連れ、ある種の憂鬱に取りつかれているのは知っていた。

おそらくそれは、香子とこのまま一緒に暮らすことへの葛藤とためらいだ。

彼が一番気がかりに思っているのは、兄の龍平のことだろう。

香子が兄に連絡したのは、彼がまだ病床に伏していた頃だ。迷ったが、自分が生きていることをどうしても兄に伝えたかったし、今後のことも相談したかったからだ。

浦島の背景がはっきりしない以上、香子と陽衛を追う者がいるかもしれない。その不安は今も完全に払拭されたわけではない。

浦島が発見された海岸に、香子の遺留品を置いたのは兄である。

あの夜コンテナ船に乗っていた三人は、全員海で死亡した。それは、兄が香子のために描いてくれたシナリオなのだ。

しかし、そのことを陽衛に打ち明けてからというもの、彼の憂鬱はより増して、最近はずっと物思いに耽っているようだった。

ウィリアム・リー・バトラーに会いたいとねだったのは、そんな彼を少しでも明るい気持ちにさせたかったからだ。

今日は本当に楽しかった。バトラーは気さくな好人物で、サンルーフのテーブルには昊然や他のファミリーも顔を揃え、久しぶりに賑やかな時を皆で過ごした。

でも今日の夕暮れ、うたた寝から目覚めた彼を見た時、香子は再び不安な気持ちに囚われた。自分を見つめる彼の双眸がひどく寂しげで、今にも別れを告げられそうな気がしたからだ。――

「六年前に君を失ってから、僕は、何度も同じ夢を見るようになった」

香子を抱き締めたまま、彼は囁くような声で続けた。

いつの間にか降り出した雨が、切妻屋根を優しく叩いている。

「ナルシスの花の前で、君が僕を見て微笑んでいる。君の腕の中には赤ん坊がいて、僕はそれを、永遠に手の届かないもののように見つめているんだ」

香子は、思わず顔を上げて彼を見ていた。

「……私が、セオを抱いている夢……？」

「以前はそうだったのかもしれない。でも、最近見る夢にはきっとそれ以上の願望が込められている。僕は……君との間に子供が欲しい。君に、僕の子を産んで欲しいんだ」

「………」

「……それを君に望むことが、どれほど罪深いことかは分かってる。君は僕のためにこれまでの人生をなくした。……でも子供を産めば、これからの人生もなくすことになる」

うつむいた彼が、唇をかすかに震わせた。

「今なら間に合う、今ならまだ君を日本に帰すことができる。……ここ何ヶ月か、僕はずっとその葛藤に苦しんでいたんだ」

しばらく声もなく睫を震わせていた香子は、ややあって深い感動に突き動かされるように彼の首を抱き締めた。

「そんなことしたら、私、あなたを探して世界中を追いかけますよ？」

「分かってる、だからそうしなかった」

「これからの人生をなくすなんて、そんな馬鹿なこと言わないで。私、今、初めて自分で決めた人生を生きてるのに」

彼は無言で頷き、髪を優しく撫でてくれる。ここ数ヶ月の彼の苦しさが胸を切なく締めつけて、香子は唇を震わせた。

子供のことは、正直言えば殆ど諦めていた望みだった。彼が望まないことは分かっていたし、そうである以上、自分も望むべきではないと思っていた。

でもそうじゃなかった。彼も私と思いは同じだったのだ……。

「……セオは、弟と妹のどっちがいいのかな」

香子が涙を拭ってそう言うと、彼は苦笑してその涙の痕に口づけた。

「実は、春にセオが寄宿舎に入る時、妹が欲しいと言われたんだ。その時は、だったら神様にお祈りしようと答えたよ」

「セオのことだから、本当に毎日お祈りしてそう」

「うん。でも、夏にはいい報告ができるかもしれないね」

二人は幸福を噛みしめるように額を合わせると、そっと唇を触れ合わせた。


雨音のこもる寝室に、吐息と衣擦れの音が響いている。

何度も身体を重ねたのに、まるで初めての時のように胸を高鳴らせながら、香子は陽衛の首に両手を回した。

その腕をそっと撫でた陽衛が、香子の手のひらを引き寄せてキスをする。二人は目を合わせ、互いの気持ちを確かめ合うように、優しくて淡い口づけを交わした。

紐を解かれたナイトウェアが香子の腰を滑り、キャミソールも頭から取り払われる。

「……香子」

パジャマを脱いだ陽衛は、膝に抱いた香子の顎を上向かせ、食むようにして唇を重ねた。

互いの唇の柔らかさを味わい、少しだけ舌を差し入れて、濡れた舌先を触れ合わせる。

それだけでしっとりと潤いを増した香子の肌を、彼は手のひらで優しく辿った。触れるか触れないかのタッチで乳房や脇腹を撫で、次第にキスを深めていく。

「ン……」

弾力を帯びた舌が口の奥深くに入ってくるのを感じ、香子は切ない吐息を漏らした。

口内に満ちた彼の唾液は甘く、ワインとオレンジの芳香がかすかに混じっている。

敏感な舌の粘膜をぬるぬるとこね合わせていると、次第に瞼が重くなり、瞳が熱く潤んでくる。

「ぁ……、ぅ」

彼の手が下腹から緩やかに這い上がり、再び胸に被さってきた。

力をなくした身体が背中向きに抱え直され、顔だけを後ろに向けさせられる。

上向かされた口の中に、彼の舌が差し入れられた。舌先や唇をくすぐるように優しく舐められ、引き出された舌が彼の口中に誘われる。

捕らえられた舌を、温かな唇でチュプチュプと扱かれ、胸がみるみる熱くなった。

まるで、口と舌でセックスをしているような感覚だ。そんな淫らな口淫をしながら、彼は香子の胸を柔らかく押し揉んで、時折乳首を撫でたり弾いたりする。

「ン……ふ」

「香子……今夜は、すごく敏感だね」

意地悪く囁いた彼は、しこりはじめた乳首を手のひらで優しく転がし、二本の指で挟んできゅっと捻った。

「ぁ……は」

甘い声を漏らす香子は、彼の愛撫に合わせてピクッピクッと身体を震わせる。その肌はうっすらと汗ばみ、早くも官能の薄桃色に染まり始めている。

「……そのまま足を広げて。そう、僕にもっと可愛いところを見せてくれ」

頷いたが、とろけた身体はすぐに言うことを聞かず、結局、彼の手で足を大きく広げさせられた。背中向けに彼の膝に座したまま、足を跨がされるような格好になる。

「膝で立って、自分の気持ちいいところを突き出してごらん」

力の入らない身体で、彼の足を跨いで膝立ちの体勢を取るのは、そんなに簡単ではなかった。殆ど彼に支えられながらかろうじて腿を持ち上げると、すぐに彼の手が下生えの辺りにまで下りてくる。

「ん……っ」

香子は羞恥にまなじりを染め、ピクッと腿に力を込めた。

ぬるついた叢が、二本の指で優しく掻き分けられている。彼はその繁みでしばらく指を遊ばせると、不意打ちのように花びらの重なり合いに指を沈めてきた。

「ア……」

思わず高い声を上げた香子は、睫を震わせて彼の腕にしがみつく。

彼の指は、蜜をすくい上げるようにして桃色の花弁を愛撫した。複雑で繊細なひだの重なりをぬるぬると辿り、すぐに頂点の雌芯を探り当てる。

薄い鞘に覆われた小粒を優しく押し揉まれ、香子は掠れた嬌声を上げた。

甘ったるい疼きがあっという間に腰いっぱいに膨れ上がり、自然に尻が反り上がる。

彼は、片方の手で香子の乳房を捉えると、指で乳首を摘まんだり爪で引っ掻いたりした。

そうしながら花びらに沈めた指を小刻みに振動させる。

「ぁ……や、ぁ、はぁ」

とろけるような気持ちよさに、香子は総身を波打たせた。内腿の肉がヒクヒクと震え、眠りに落ちる前のように思考が虚ろになってくる。

彼は溢れた蜜を指ですくい、とくとく脈打つ真珠に再び触れた。鞘を優しく引っ張り上げ、露出させた薄ピンクの肉豆をぬるぬると転がしては、指腹で振動を与えてくる。

「んぅ……、ァ、あ……ン」

知らず香子は背中を弓なりにし、彼の指が動きやすいように腰を突き出していた。

彼は、右手で香子の愛らしい肉真珠を弄り立てながら、左手を尻の割れ目に滑らせる。汗と蜜で濡れた会陰を指が辿り、ぬるりと花筒の入り口に潜り込む。

「や……、陽衛、ゆ、指、抜いて……」

思わず口走ったのは、自分の姿があまりに淫らだったからだ。

足を大きく広げた状態で膝立ちになり、前から、後ろから同時に指で弄られている。なのにその気持ちよさに抗えず、全身を薄赤く染めてヒクヒクと腰を波打たせている。

「……香子、君の中は、すごく熱いよ」

彼が囁き、吐息と唇で耳たぶをくすぐった。

「君のいやらしいところを、もっと奥まで感じさせてくれ」

「ぁ……んぅ」

後ろから太い指に貫かれた膣肉が、蜜を滴らせながら彼の指を喰い締める。粟粒ほどの淫芯は赤く色づいてしこり立ち、痺れるような甘い快感を放ち続けている。

求められるままに舌を差し出した香子は、膝立ちの腿をヒクッヒクッと震わせた。

「ん……あう、は……、あン」

絡み合った舌の間から、唾液が滴って顎を濡らした。指で穿たれている場所がいやらしい水音を立てている。指を増やされたような気がするが、もう、そこで何をされているのかもよく分からない。

　大きく開いた脚の間で、剝き出しになった花芽をクリクリと弄られ、捏ねられて振動を与えられる。

「――あ、ああっ……ン」

　次の瞬間、背骨をとろかすほどの深い快感が頭の芯まで駆け上り、香子は全身をわななかせた。

　膝を痙攣させながら官能の高みに放り出され、くずおれるように彼の胸にもたれかかる。

　彼はそんな香子を優しく抱き止めると、耳や髪に繰り返し口づけた。

　そしてぐったりとした香子を横抱きにしたまま、硬くそそり立った自分のものを、ひくつくあわいに押しつける。

　こんな姿勢で？　――と、驚きで我に返った時には、彼の昂りの先端が、香子の花芯を割り開いていた。

「ぁ……」

「香子、少しだけ腰を上げてくれ」

　虚ろになりながらも香子は頷き、心持ち腰を浮かせて彼の挿入を手伝った。

　横座りになって、足を揃えたままの姿勢だから、すんなりとは入らない。

　それでも亀頭の丸みが花筒に沈むと、あとは太いものがスムーズに押し入ってきた。

蜜をたくわえた膣肉がじわじわと広げられ、やがて彼の熱いもので満たされる。太い肉茎でじんわりと圧迫された粘膜が優しく疼き、密着している場所からえも言われぬ快感が滲み出てくる。

「……あ、は……」

香子は気持ちよさに甘くうめき、閉じた膝を震わせた。

「……、香子」

彼もまた、苦痛を堪えるようにうめき、切れ長の目を恍惚で潤ませる。

「今、初めて、君の中に僕がいるような気がするよ」

「ん……」

香子もまた、悦びに目を潤ませて頷いた。

彼の膝に抱かれたままの交わりは、激しさのない代わりに、互いを愛おしむ気持ちがより深く感じられた。

彼は香子を抱き支え、唇をついばみながら小刻みに腰を揺すり立てる。

そうしながら片方の手のひらで乳首を転がし、指腹で優しく擦る。

波のように高まる官能に、香子は甘い声を上げ、彼のリズムに身を任せた。

「あ……衛」

陽衛、私も今、本当にあなたとひとつになれた気がする。

あなたという人の心と身体を、今、初めて自分のもののように感じている。

私の人生はあなたのもので、あなたの人生は私のもの。

それを、今、心の底から感じている。

「……衛、衛衛」

「香子……、君と、ずっとこうしていたい」

互いの肉体が溶け合って、柔らかくて優しい官能の螺旋が天上に駆け上がっていく。

やがて、甘やかな高みに上り詰めた香子は、彼の生命の迸りを身体の奥で感じながら、
まどろむような恍惚に沈んでいった。——

◇

窓を叩く柔らかな雨の音。
流れていく雨の水色が、白いシーツに煌めくような淡い陰影を落としている。

優しいまどろみの中、香子は何度か瞬きをしてから瞼を開けた。
室内に漂う温かくて甘い香り。早起きした彼が朝食を作っているのだとすぐに分かる。
どれだけ寝ても寝足りない気がするのは、身体の変化のせいだろうか。
彼が甘やかしてくれるのをいいことに、最近は寝坊してばかりいる。
ベッドから立ち上がった香子は、窓を覆う水色のカーテンを開けた。
鮮やかさを増した緑の草原に、美しい雨が降り注いでいる。
空は雲に覆われているが、多分午後には晴れるだろう。
天気予報など見なくても、最近は空模様だけで分かるようになってしまった。
ふと顔を上げると、山々を映す湖畔の一本道を見慣れた車が走ってくるのが見えた。
香子は驚きに目を見張り、急いで窓を開け放つ。
雨に濡れたオリーブ色のセダンが、家の手前にあるナルシスの花畑の前に停まる。すぐに後部扉が開いて、中から背の高い少年が飛び出して来る。

「マーマ」

笑顔で手を振るセオに、香子もまた笑顔で大きく手を振った。

背は高くなってもまだまだ子供っぽいセオは、ひとしきり手を振った後、飛び跳ねるように家に向かって駆けていく。

香子は窓を閉め、上着を羽織って寝室を飛び出した。

「衛衛、セオが帰ってきたみたい！」

階段の途中で声をかけると、エプロンを着けた陽衛がキッチンから顔を覗かせた。

彼の腕には、四月に一歳になったばかりの詩詩《シーシー》が抱かれている。

「セオが？　でも昨日の電話では、確か今日の午後に着くと」

「本当だから外を見て。セオのことだから私たちを驚かそうとしたのよ」

すぐに駆け出そうとした陽衛だが、そこでふと気づいたように足を止めた。

「……ちょっと待て。香子、君は今、階段を駆け下りていなかったか？」

「あ、ごめん、うっかりやっちゃった。——詩詩、お父様は心配性だねぇ」

香子はくすくす笑って階段を下りると、マシュマロのような娘の頬を指でつついた。

「お兄ちゃんが学校から帰ってきたよ。いっぱい遊んでもらおうね」

今、香子のお腹には二人目の命が宿っている。

まだそのことを知らないセオが一体どんな風に喜んでくれるのか、それを想像しただけで、顔を見合わせた二人の唇は自然にほころんでいた。

「ただいま！」

やがて明るい声がして、廊下をバタバタと走る足音が聞こえてくる。

美しい雨が静かに切妻屋根を濡らしている。

ゆっくりと流れていく雲の切れ目から、鮮やかな青空がのぞいていた。

あとがき

最後まで読んでいただき、ありがとうございました。

ちょっとハードなお話でしたがいかがだったでしょうか。

今作は、何年か前にオパール文庫様のアンソロジー本に出させていただいた、中国の富豪と日本の刑事というカップリングを書いた時に、その続編として考えていた話です。

どこかで書きたいなー……でも、設定が難しそうだから無理かなー……とずっと思っていましたので、キャラクターを変えてこうして書き上げられたことは、感無量といいますか、もう思い残すことはないという感じです。

中盤以降は、ミッションインポッシブルばりのアクションシーンの連続で、ヘリから飛び降りたり、爆発する船から脱出したり、しかも銃で何発も撃たれたり……。それでも死なないヒーローの不死身ぶりに半分苦笑しつつ、「陽衛はトム・クルーズなんだ、トムなんだ」と必死に自分に言い聞かせて書きました。

最後になりますが、イラストを担当いただいた御子柴《みこしば》先生、本当にありがとうございました。

では、また、何かの作品でお会いできることを祈って……。

石田累

◆ ファンレターの宛先 ◆
〒102-0072　東京都千代田区飯田橋3-3-1
プランタン出版　オパール文庫編集部気付
石田 累先生係／御子柴リョウ先生係

オパール文庫Webサイト　https://opal.l-ecrin.jp/

Opal

海《うみ》に沈《しず》む深愛《しんあい》
記憶喪失《きおくそうしつ》のＣＥＯは身代《みが》わり妻《づま》を今夜《こんや》も離《はな》さない

著　者——石田 累（いしだ るい）
挿　絵——御子柴リョウ（みこしば りょう）
発　行——プランタン出版
発　売——フランス書院
〒102-0072　東京都千代田区飯田橋3-3-1
印　刷——誠宏印刷
製　本——若林製本工場
ISBN978-4-8296-5557-3 C0193